铅笔瑙妮系列
动物园历险记

[爱尔兰] **艾琳·欧海利** 著

杨华京 译

时代出版传媒股份有限公司
安徽少年儿童出版社

著作权登记号:皖登字 12181878 号

图书在版编目(CIP)数据

动物园历险记 /(爱尔兰)艾琳·欧海利著;杨华
京译. — 合肥 : 安徽少年儿童出版社,2019.10(2022.1 重印)
(铅笔潘妮系列)
ISBN 978-7-5707-0487-3

Ⅰ.①动… Ⅱ.①艾… ②杨… Ⅲ.①儿童小说 – 长
篇小说 – 爱尔兰 – 现代 Ⅳ.①I562.84

中国版本图书馆 CIP 数据核字(2019)第 115629 号

QIANBI PANNI XILIE DONGWUYUAN LIXIANJI   [爱尔兰]艾琳·欧海利 著
铅笔潘妮系列·动物园历险记   杨华京 译

出版人:张 堃   策 划:唐 悦 丁 倩   责任编辑:唐 悦 方 军
责任校对:邬晓燕   装帧设计:唐 悦   责任印制:朱一之
出版发行:时代出版传媒股份有限公司   http://www.press-mart.com
安徽少年儿童出版社 E-mail:ahse1984@163.com
新浪官方微博:http://weibo.com/ahsecbs
(安徽省合肥市翡翠路 1118 号出版传媒广场 邮政编码:230071)
出版部电话:(0551)63533536(办公室)   63533533(传真)
(如发现印装质量问题,影响阅读,请与本社出版部联系调换)
印   制:阳谷毕升印务有限公司
开 本:635mm × 900mm   1/16   印张:12.75   字数:81 千字
版 次:2019 年 10 月第 1 版   2022 年 1 月第 2 次印刷

ISBN 978-7-5707-0487-3   定价:36.00 元

人物介绍

波尔特

拉尔夫和莎拉的同班同学，他总爱与拉尔夫和莎拉对着干。

潘妮

拉尔夫笔袋里的铅笔女孩。她善良聪慧，勇敢而有担当，和伙伴一起与代表邪恶势力的马克笔作斗争。

莎拉

拉尔夫

潘妮的小主人。虽然很贪玩，但他为人正直善良。算术成绩一般，还经常会写出些错别字来，常得到潘妮的帮助。

拉尔夫的同桌、好友，每门课程都能拿到"A+"的聪慧女孩。在拉尔夫遇到困难时，她总能运用自己的智慧鼎力相助。

斯派克

一只生活在动物园里的小刺猬，待人热情，性格开朗，喜欢收藏古董。

米里根

爱尔兰白鼬。他希望人类对本土动物的困境予以关注，将他们的地位提高到和外来动物一样的水平。

菲奥娜

动物园的管理员，负责照顾动物进食和园区管理等工作，天生胆小，但做事有原则、有担当。

鲍勃

动物园的管理员，负责园区管理和游客接待等工作，和菲奥娜是一对工作搭档。

黑马克

拉尔夫笔袋里的恶棍，他专横刻薄，常常把看不顺眼的书写文具驱逐出笔袋，妄图破坏一切良好的秩序，达到自己不可告人的目的。

荷贝

一只苏门答腊虎。和其他老虎不同，他是素食主义者，痴迷于净化心灵和纸牌游戏。

目录

第一章
艺 术 课

　　"安静！大家赶快排成两排，马上要打铃了！"笔袋里，一瓶修正液在**发号施令**。听到召唤，铅笔、橡皮、蜡笔和其他书写文具纷纷拥过来，自觉地排好了队。彩色铅笔姑娘们掩饰不住满脸的兴奋，摩拳擦掌准备着。艺术课马上要开始了，这正是她们大显身手的好机会！

　　领头的两支铅笔也是**满面笑容**。自动铅笔麦克画画最拿手，所以笔袋的主人——红发男孩拉尔夫最喜欢用麦克来勾图画的轮廓。每逢上艺术课，另外一支灰芯铅笔——裙子上点缀着泡泡的潘妮便没机会踏出笔袋。一个星期以来，她都在忙着帮拉尔夫做算术题、写字，另外还要完成其他几门文化课的作业，所以艺术课对潘妮来说，恰好是难得的小憩时间。

上课铃声一响，笔袋里的气氛立刻紧张起来。尽管彩色铅笔**盼星星盼月亮**，就盼着上艺术课，但是索德太太有时候还是会让孩子们尝试点别的活动。遇上这样的艺术课，眼巴巴等着涂色的彩色铅笔就完全派不上用场了。

"我可不想他们一上课又是画画。"拉尔夫的短绿铅笔翡翠没好气地说，"拉尔夫画个画，涂到他衣服上的颜料倒比抹在纸上的还要多。"

"用炭画笔画画的时候更糟糕，"瘦高个的橙色铅笔琥珀也接上了话头，"脏兮兮、黑乎乎的手印子抹得到处都是。"

"要说起手印呀，别忘了有一回他们玩泥塑……"拉尔夫的红色铅笔斯嘉丽也凑了上来。斯嘉丽是铅笔里个头最小的，因为拉尔夫最喜欢红色，所以斯嘉丽被拿来涂色的次数比大伙都多。

4

"幸好拉尔夫的老妈有一种神奇的去污剂，几乎能把所有脏印和泥点给洗掉。"橡皮小不点得意地说。小不点身子一侧已经被磨平了。出于橡皮的天性，小不点自然而然对拥有强大清洁能力的东西**格外留意**。

"嘘！"修正液格鲁普叫大家安静，"拉尔夫要打开拉链了！"

麦克连忙挤到最前面。拉链的咬合齿一个接一个地打开了，拉尔夫的手一下子探进了笔袋里，两根手指在麦克腰间一夹，把他拎了出去。

麦克前脚正要离开拉链口，潘妮后脚赶上去在麦克的脚心轻轻挠了一下。麦克觉得**痒极了**，忍不住叫出声来。

"潘妮！"格鲁普严厉地喝住了潘妮。

"哟，格鲁普，别总是紧张兮兮的，"潘妮不以为然地说，"人类是听不到我们说话的。就算我们笑翻了天，他们也还是听不见。"

"我们稍微动弹一下，他们就能看得出来。"格鲁普的嘴唇闭得紧紧的，声音似乎是从鼻子里哼出来的。

"你别自作多情了，恐怕他们看也不会看我们一眼。"潘妮一边说着，一边瞄了瞄拉尔夫，故意跟格鲁普作对似的，壮着胆子做了个**夸张的**舞蹈动作。拉尔夫的手再次伸进笔袋里的时候，潘妮赶紧停下了大幅度的舞步。

"吧！"棕色铅笔榛子**欢呼一声**，消失在了拉链口。

"哇哈！"当拉尔夫把翡翠从笔袋里拿走的时候，翡翠也兴奋地喊了出来。

"棕色和绿色。"小不点沉吟着，"猜猜看，拉尔夫在画什么？"

"一支薄荷口味的蛋筒冰激凌。"潘妮说。

"要我说呀，他画的是他最喜欢的芬巴投手球队！"芬巴投手球队的队服上确实印着棕绿相间的条纹,不过小不点这么说倒是出于私心,因为他也是这个球队的忠实粉丝。

"你是怎么想的,格鲁普?"潘妮转头问。

"参考一下孩子们这一周在课堂上学的知识,我想他画的是……"还没等格鲁普说完,拉尔夫的手又一次探进了笔袋里。这一回,这只大手没有在彩色铅笔里翻寻,而是直冲小不点、格鲁普和潘妮探过来。

"噢,不好,"小不点着急地说,"拉尔夫不是又把颜色涂到轮廓外面去了吧!我擦彩色铅笔印儿可不大在行。"说着,他惴惴不安地瞟了一眼身体左侧。

他身子左半边不光被磨平了,而且上面还沾满了**五彩缤纷**的颜色,好像一条彩虹披上了身。

还好,拉尔

夫的手指越过了这块小小的橡皮，也越过了格鲁普，把潘妮给捏紧了。

"可别告诉我艺术课已经结束，这么快又要上拼写课了！"潘妮嘀咕着。拉尔夫轻轻一抬手，把她带出了笔袋。

被带走之前，潘妮只来得及听到格鲁普的半句话，"我猜得没错。**棕色、绿色和灰色**，拉尔夫一定是在画……"

"画画的时候竟然用得上灰色？"就连潘妮自己也想不明白。作为一支专门做功课的、正儿八经的铅笔，潘妮对自己的职责深感自豪。她打心底里看不上涂色铅笔这个角色。

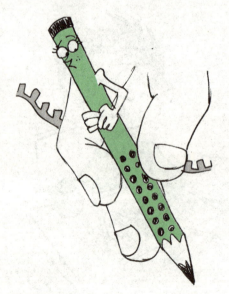

潘妮心不在焉地想着事儿，拉尔夫已经忙着用她涂色了。潘妮低头看看那幅画，"**扑哧**"一声笑了出来。

拉尔夫画了一幅热带丛林图，大树的树

8

干是浓重的棕色,树枝上摇曳着浓绿的叶子。这会儿,他用潘妮给画面正中央一只怪模怪样的动物涂色。这只动物个头很大,四肢比树干还要粗壮,两扇大耳朵放松地耷拉着。最奇怪的是,它似乎有两条尾巴,一条细细短短的尾巴长在屁股后——至少潘妮觉得那是它的屁股,还有一条又长又粗的尾巴长在前面两个大獠牙中间。

拉尔夫把颜色涂到差不多一半的时候,潘妮终于闹明白这是什么动物了——原来是一头大象啊!

给大象涂完色以后,拉尔夫把潘妮放在课桌上,又从笔袋里抓出来一大把**彩色铅笔**。艺术课进入尾声的时候,这片丛林里已经住满了各种各样的动物:猴子、老虎、大象……还有一只五彩斑斓的孔雀,叫人**眼睛一亮**!

拉尔夫把这幅画交给索德太太打分。讲桌前等打分的孩子排成很长的队。跟往常一样,拉尔夫最要好的朋友莎拉排在队伍最前面。

"莎拉,这幅画画得很棒!"索德太太夸赞

着，在莎拉那幅画的右上角写了一个大大的
"A+"。莎拉画的是一群非洲动物，它们聚在一
汪清澈的泉水周围。潘妮觉得，老师凭空添上的
那笔破坏了画面的整体性。不过莎拉对此不仅
不在意，反而一脸欢天喜地的表情。

　　排在拉尔夫身后的男孩儿不怀好意地嘿嘿
笑着。拉尔夫回过头，原来是班上有名的**捣蛋
大王**波尔特。

尔夫的耳朵，自己倒先惨叫了一声。原来有人抢先一步，揪住了他的耳朵。

"波尔特·奥利力！"索德太太揪着波尔特的耳朵把他搜到了教室前面，"到校长办公室去！你这么出格，还是由校长来决定你有没有资格参加下周的远足吧。"

"什么远足呀？"坐在拉尔夫和莎拉前面的小女孩露西张口就问。

"我给你们一个小提示，"索德太太神秘地一笑，"今天艺术课的主题是珍禽异兽。"

"远东。"马科姆**不假思索**地报出了他所能想到的"异"的地名。他哪里知道,在课堂上随手画的一只小松鼠也能扣上所谓"异兽"的帽子。

"没你想的那么远。"索德太太乐了。

"或者是中东。"肖恩大声说,他画的是**骆驼**。

"有点接近了,"索德太太说,"不过我们用不着搭飞机去那儿。"

莎拉**高高举起**了手,迫不及待地说:"我知道了,是动物园!"

"完全正确。"索德太太开始给孩子们发同意条,请他们带回家让家长签字。

第二章

动物园远足

　　远足那天早上，教室里一片嗡嗡声，吵得就像置身蜂房。当真要去动物园玩了！孩子们都很兴奋，他们叽叽喳喳地**聊着笑着**，怎么也安静不下来。

　　"我都等不及要去看纯白色的大熊猫'不黑'了。"坐在露西身边的女孩儿大声嚷嚷着。

　　"你说的是北极熊吗？"肖恩傻傻地问。

　　"不是，我说的是浑身长白毛的大熊猫。"希亚拉笑呵呵地说。

　　"浑身白毛，那它不就是北极熊吗？"肖恩说。

　　"它们可不是同一种动物。"莎拉**不耐烦**

地说。莎拉心里的两个小人儿一个喜一个悲，一个小人儿在为停课一天出去玩而感到开心，另外一个小人儿又为错过两节几何课感到沮丧。

拉尔夫笔袋里，书写文具提起这次远足，也是几家欢喜几家愁。

"我讨厌远足。"潘妮闷闷不乐地说。

"不会吧！"麦克大吃一惊，"我特别喜欢远足。主人会走上一整天，我们总算有机会到别的笔袋里串串门，跟别的铅笔唠唠家常。奥林笔克运动会结束以后，我可再也没有见过芙蕾尔一面。"

"只要波尔特的铅笔不会跳到我们笔袋里就成。"小不点嘟囔着。

"哦，那倒不会。"潘妮说，"其实我也盼着有机会跟波莉好好谈谈心呢。只不过，今天本来要进行拼写小测试的,就因为要 **远足**,测试要延期到下周了……"说到这儿,潘妮又嘟起了小嘴。

"生活中除了拼写测试,还有很多精彩的事呢!"格鲁普打趣道,"孩子们到动物园里参观,能亲眼看到活生生的动物, 观察动物的 **一举一动**,这比在书本上了解这些动物、学写动物的名字更重要。孩子们在实践中学到的知识更丰富、更深刻。"

潘妮、麦克、小不点吃惊地看着格鲁普。要知道,格鲁普以前好像从来没有公开支持过任何在教室以外举行的学习活动。

"好了。"潘妮稍微定了定神,又生出一个念头,"要是远足对学习这么重要, 为什么我们不能去……"

潘妮的话还没来得及说完,麦克、小不点、格鲁普和彩色铅笔呼啦一下子冲着她铺天盖地砸了下来。

"**哇呀呀**!"书写文具边滚边哇哇大叫,他们感觉整个笔袋好像一下子被提到了空中。

"出什么事儿了?"拉尔夫的粉色铅笔玫瑰

吓得花容失色，娇滴滴地叫了起来。

"看样子潘妮美梦成真了！"格鲁普眉飞色舞地说，"我们在去往动物园的路上了！"

潘妮更是乐不可支，**热情高涨**。在去往动物园的路上，她带领大伙唱起了欢快的歌。大家先是合唱了一曲《我们要去动物园》，接着又合唱了一曲《车轮滚滚向前跑》。这一路上欢歌笑语，笔袋里热闹得好像在过节。

拉尔夫把笔袋从背包里取出来的时候，铅笔一股脑儿全都挤在拉链口，谁都想第一个看到动物。

"拜托各位！请大家**各就各位**。"格鲁普不得不拼命地高喊着，扯着嗓子压过嗡嗡一片的交谈声，尽心尽责地维持着秩序，"虽然我们这会儿不在教室里，但是一样得守规矩呀！"

一提到规矩，书写文具热烈的交谈声戛然而止，笔袋里顿时安静了下来。书写文具迅速排成了**齐刷刷**的两排队伍，动作迅速又漂亮。"唰"的一声响，拉链被拉开了，一束明媚的阳光洒进了笔袋里。麦克和潘妮站在队伍最前面，离拉链口最近。他们俩被灿烂的阳光照得一时间睁不开眼睛。潘妮使劲眯缝起眼睛，晕晕乎乎地还没弄清楚状况。突然她的腰间一暖，原来不知道什么时候，拉尔夫的手已经钻进了笔袋，把她捏紧了。"嗖"的一下，拉尔夫的手把她带到了户外新鲜的空气中。

等等，似乎有点不对劲——空气闻起来好像——不是那么"新鲜"。

"这是什么怪味儿？"拉尔夫皱着眉头问。

潘妮撑起一只手，搭在眼睛上，四下里瞭望。如今她正在一个户外表演看台上，眼前是一排栅栏，栅栏里有几头大象。

索德太太在孩子们中间挤来挤去，给大家分发活动手册。

"刚才大象屁股里掉出来一大堆东西，这股子怪味儿大概就是从那堆东西中散发出来的。"莎拉捏紧了鼻子说。

"我还以为是你闹的呢。"波尔特粗鲁地说。

"波尔特！"索德太太严厉地喝住了他，又用手中的活动手册敲了敲他的脑袋，"这次算你走

运,校长批准你远足。你要是再多说一句粗俗的话,余下的时间你就**老老实实**地清理大象的粪便吧。"

波尔特正想张口争辩什么,坐在最前排的孩子们突然开始鼓掌。一位身穿卡其色短袖上衣和短裤的男子一路小跑跳上了舞台。

"早上好!孩子们!"他热情地招呼着,"我叫鲍勃,是奇诺克动物园的管理员。来过动物园的小朋友们,请**举起手来**!"

孩子们齐刷刷地举起手来——哦,除了露西没

举手——他们一家人只喜欢到巧克力工厂游玩。

"哇,这么多人举手,真叫人开心!"鲍勃快活地说,"不过,这一次到动物园来,跟你们以前的体验会很不一样。今天我会安排大家在动物园里野游!"

"哇!"孩子们齐声惊呼。

"**猜猜看**,我们在动物园里游玩能看到哪些动物?"鲍勃问。

"大象!"拉尔夫说。

"苏门答腊虎泽坦。"肖恩嚷嚷着。

"长颈鹿。"马科姆说。

"澳大利亚有袋类动物。"莎拉说。

"有袋类动物,"鲍勃赞许地说,"这么个小不点竟然能说出如此高深的词语来。你能不能跟全班同学解释一下什么叫有袋类动物?"

"有袋类动物就是身上长有抚育幼兽的育儿袋的动物,比如袋鼠就是一种有袋类动物。"莎拉自豪地说。

"很好!"鲍勃微笑地看着莎拉,"你们还想看到哪些动物?"

"**大熊猫**。"希亚拉说。

"对啦!"说到这里,鲍勃更来劲儿了,"去年,奇诺克动物园多了一名新成员,就是大熊猫的幼崽'不黑',它的特别之处在于浑身上下没有一根黑毛。这种浑身雪白的大熊猫目前全世界仅有两只,不黑就是其中一只!"

"哇!"全班同学不约而同地惊呼起来。

"好了,"鲍勃又微微一笑,"这一次,我不会领着你们参观动物园,你们要独自去探险了。不过'野游猜猜看'会提示你们每一步该怎么走。"

"什么叫'**野游猜猜看**'?"拉尔夫问。

"'野游猜猜看'就是我编的一些关于动物名称的猜测题,答案会告诉你下一步应该看什么动物。"鲍勃解释道,"请你们仔细阅读老师分发给你们的活动手册,手册上印有动物园地图。不过,地图上每个独立的放养区上面没有直接注明动物的名称，只有"**东亚动物**"和"有羽毛但不会飞翔的动物"等板块。你们今天的任务，就是要把每种动物的名称标注在地图上对应的放养区里。'野游猜猜看'会指引你们一路走下去。"

"可是这幅地图下面只有一条'猜猜看'呀。"肖恩说。

"是的，"鲍勃点点头，"要是你们解开了这个问题的答案，等走到这个动物放养区的时候，你们会找到另外一条'猜猜看'。"

"**真无聊**。"波尔特低声发着牢骚。

"后面的同学有问题吗？"鲍勃盯着波尔特问。

"干吗还要费力气玩'猜猜看'？"波尔特不满地问，"为什么我们不能随便在动物园里游玩，看到什么动物就把动物名称填到地图上去？"

"你也可以这么做，"鲍勃说，"不过，在动物园里想看到所有的动物可没那么容易。我们在独立放养区里搭建了这些动物的自然栖息地，所以这些地方乱石和**树木密布**。动物要是躲起来就很难被发现。有一些动物很擅长伪装，还有一些动物只有夜间才出来活动，它们不会在大白天里出来晃悠。"鲍勃耐心解释的时候，波尔特做了一个粗鲁的手势，表示他对这一番长篇大论很不耐烦。

"要是这项任务对你来说太简单的话，"鲍勃看着波尔特说，"你来给大家解释一下貒（huò）加狓（pí）和黑斑羚的区别吧。"

"它们都是非洲动物。貒加狓生活在热带雨林里，身体是黑棕色，腿上长有条纹。"波尔特不假思索地说，"**黑斑羚**生活在草原上，它们的身体是浅棕色，头上长有角。"

全班同学，就连索德太太和鲍勃也不例外，全都惊呆了。大家目瞪口呆地看着波尔特，好久没说出话来。

"有可能……可能是这样吧。"波尔特喃喃

地说，这会儿他反而不想表现得太出风头了。

"这一页最下面'神秘的一句话'是什么意思？"莎拉问。她在阅读上总是比别人都领先一步，就连远足资料也早早地、**一字不漏**地从头读到了尾。不过，在对非洲动物的了解上，显然波尔特比莎拉懂得多。

"我正要给大家解释，"鲍勃说，"在动物园里参观时，你们得把每一种动物名称的首字母按照顺序填写在下面的方框里，填写完整以后就能组成神秘的一句话。"

"哇！"全班同学——除了波尔特——一听到又是要玩"野游猜猜看"，又是要拼出神秘的一句话，都眼睛一亮，兴奋地叫了起来。

"看得出来大家**摩拳擦掌**，恨不得立刻出发去解开谜团了。"鲍勃微笑着拍了拍手掌，"记住，要沿着路线走，路上不要随意给动物喂吃的。祝你们今天在动物园玩得开心！"

孩子们没有立刻跳起来冲向动物园的第一站去看新奇。他们一个个都乖乖地坐在位子上，积极地开动脑筋，热烈地讨论着，想尽快猜出第

一个"野游猜猜看"的答案。潘妮的目光越过拉
尔夫的手腕，在心里默念出了这道题：

我的体重超过一吨，
住在炎热的非洲，
喜欢在泥潭里**乱打滚**，
模样丑陋吓得你心发冷。

潘妮还没来得及念完整段话，突然她感到
身子猛地一震。

"快走呀！"莎拉大喊一声，一手高扬着手中
的宣传页，一手拽着拉尔夫的衣领就要往前跑，

"我已经猜出答案了，我们得抢在他们前面赶到那儿。"

就这样，拉尔夫、莎拉和他们的文具**匆匆忙忙**踏上了动物园野游之旅。

第三章
"野游猜猜看"

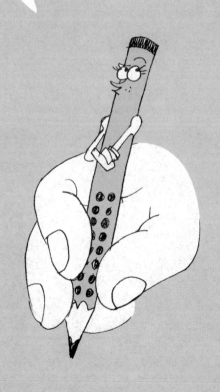

　　"我们要去哪儿？"拉尔夫**气喘吁吁**地问，他几乎跟不上莎拉飞快的步子。

　　"嘘！"莎拉赶紧叫他小声点儿，"我们跟他们隔得还不够远。有人会听见的。"

　　拉尔夫弯下身子，大口地喘着粗气。

　　"**莎拉**，"拉尔夫伸着脑袋说，"我能从这里一直看到表演看台，没有一个人走过来。"

　　"哦，"莎拉不放心地又察看了一番，这才低声说，"这样的话，我可以说出来了。我们要去看河马。瞧，我们到了！"

拉尔夫朝莎拉背后一扫，果然看到一大群河马正在泥潭里打滚。

"可不是嘛！"拉尔夫兴奋地大叫起来，"河马！"

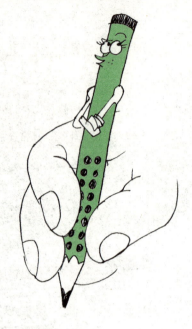

拉尔夫连忙提起潘妮，在"神秘的一句话"的第一个空格里添上了"h①"这个字母。

"瞧，这里贴着第二个'猜猜看'。"莎拉指着贴在河马介绍牌上的一张纸，纸上写着：

我想美美饱餐一顿，

找个蚁窝大吃一顿。

我鼻子长又长，舌头黏糊糊。

要拼出我的名字，可不容易。

"拼出名字不容易？"莎拉陷入了沉思。莎拉

---

①英文 hippo 的首字母。

跟潘妮一样也是拼写高手。

"**这个呀**……"拉尔夫的拼写一向拿不出手,"恐怕是一种吃蚂蚁的动物吧?"

"针鼹(yǎn)鼠吃蚂蚁!"莎拉兴奋地说,"针鼹鼠怎么写来着,拉尔夫?"

"啊哦……"拉尔夫结结巴巴地说,"开头第一个字母好像是……"

拉尔夫支支吾吾说不下去了,潘妮不耐烦地冲他翻了翻白眼。

"一定没错!"莎拉**不由分说**,抓起拉尔夫的手就朝澳大利亚有袋类动物区域跑去。

奇怪的是,他们跑到针鼹鼠的放养区却没有找到下一条"猜猜看"。

"太奇怪了,"莎拉很纳闷,"我百分之百地肯定,上一个答案就是针鼹鼠。它们就是吃蚂蚁的。你瞧,这上面写得多明白呀。"莎拉指着针鼹鼠介绍牌,上面写着:"主要食物:蚂蚁。"

"我不想扫了你的兴,"拉尔夫**小心翼翼**,又壮着胆子说,"不过有可能,这一回是你弄错了。"

听到这话，莎拉立刻扭过头，狠狠地瞪着拉尔夫。

"好吧，聪明先生，就听你的。"莎拉长长地吸了一口气，努力克制着情绪，"你觉得会是哪种吃蚂蚁的动物呢？"

"哦……有可能……是……是……" 拉尔夫**吞吞吐吐**说不出来。

"得了，得了，"莎拉不耐烦地白了他一眼，气哼哼地看着手中的地图，"我知道了，你没必要再啰唆了。"

"没必要啰唆什么？"拉尔夫奇怪地问。

"食蚁兽呀。"莎拉看也不看他一眼。

拉尔夫眼睛瞪得大大的，惊讶地看着莎拉。

"你以为我在说食蚁兽吗？"他问。

"难道不是吗？"莎拉投过来锐利的目光。

"是，当然是！"拉尔夫的脸"唰"的一下红了，他赶紧低下头假装在研究地图。

"非洲食虫类动物在这边。"莎拉嘴里念叨着，"嗖"的一下就跑开了。

他们刚赶到非洲食虫类动物区域，就看到

马科姆和肖恩从那边跑出来，朝相反的方向跑去。

"极地鸟类在这边。"肖恩**大声嚷嚷**着。

"那是去北极熊的方向，不是去极地鸟类的方向。"马科姆说，"我们要去的是南极动物区域。"

肖恩扫了一眼地图，不管看没看清楚，便匆匆忙忙追着马科姆跑远了。

拉尔夫和莎拉继续寻找食蚁兽，没一会儿他们就找到地方了。食蚁兽放养区前聚集了一群他们班的同学。拉尔夫连忙在"神秘的一句话"的第二个空格里写下字母"a①"。

"**唉**！"因为莎拉的失误，不少同学的进度都超过了他们。看到这个情景，争强好胜的莎拉不由悻（xìng）悻地叹了口气。

"希亚拉，我们快走！"露西猛地一转身，差点跟莎拉撞个满怀，"抱歉，莎拉，我没看见你……咦，你怎么是从那个方向过来的？"

"我们，嗯，绕了点路。"莎拉恨不得把**红**

①英文 anteater 的首字母。

彤彤的脸蛋藏到衣服里。

"你是说绕路还是错误？"波尔特突然从莎拉身子一侧挤了上来，冷笑着问。

"实话告诉你，我们绕了点路到猴山看望了一下你的亲戚。"拉尔夫不客气地说，"快走，莎拉。"他把莎拉从波尔特身边拉开，不由分说拽着莎拉要走。

"拉尔夫，食蚁兽在那边呢。"莎拉指了指相反的方向。

"我们得赶紧走这边，快！"拉尔夫着急地说。

"可是'猜猜看'还在那边呢!"莎拉**抗议道**。

"我知道。我已经读过了。"拉尔夫说。

"我能读读吗?"莎拉说,"我是说,我们今天出过错了,不能再……"莎拉的声音越来越小。

"好吧,"拉尔夫有些不耐烦了,"去找企鹅的路上我背给你听:我穿着黑西装,露着白白的肚皮,走起路来左摇右摆很风趣,我是游泳健将,也是极地**鸟类**。"

"极地鸟类显然说的就是企鹅,"莎拉突然犹豫了一下,"可是,头三句话我们要好好考虑一番。我是说,我们不能再犯像上一回的错误了……"

拉尔夫深吸一口气,努力让自己保持冷静。

"你想想不就明白了,企鹅的背都是黑的,看起来好像穿着一身黑色**燕尾服**,"他耐心地解释着,"前面肚皮都是白的,好像穿着敞口西服,露出白肚皮……"

"对呀,它们走路的样子就是一左一右,晃来晃去,很好笑呢。"莎拉兴奋地说。

"哎呀,有不少同学已经到了,你还磨蹭什

么呀？”莎拉反倒不讲理地抱怨起拉尔夫。她脚下生风，**心急火燎**地冲了过去。拉尔夫无可奈何地摇了摇头。

他俩来到企鹅放养区时，发现谁都不急着解答下一个"猜猜看"。孩子们正攒头攒脑地在围观企鹅的精彩表演呢。企鹅排着长长的队伍行进，就像一股细流蜿蜒流向一个大冰丘，冰丘上早已经聚集了一些企鹅。每当冰丘上爬上来一只企鹅时，它总会摇摆着笨拙的身体想要挤进冰丘上的大部队。它前面的企鹅被挤得身子乱摇，冰丘上的企鹅就像多米诺骨牌一样，一只接一只地摇晃起了身子。到后来，站在最边上的一只企鹅被挤得脚下一打滑，肚皮贴着冰坡一路从冰丘上滑了下去，"**扑通**"一声掉进水池里，溅起大大的浪花。然后，它会再次游回岸边，笨拙地站起身子，甩甩身上的水，又加入蜿蜒上爬的队伍里，朝拜一般继续朝冰丘顶上开进。

"我真想变成一只企鹅！"希亚拉紧贴着玻璃，一脸向往的神情，"除了游泳和滑冰，什么事情也不用干，多好呀！"

"可别忘了你得吃生鱼肉。"露西提醒道。

"那样再好不过了。我喜欢吃**生鱼片**。"希亚拉自豪地说。

"一说起什么事情也不用干，我倒想起来了，还有'猜猜看'要猜呢。"莎拉悄悄地对拉尔夫说。

拉尔夫和莎拉在"神秘的一句话"的第三个格子里填下了字母"p①"，从人群中一点点挤出来，凑到企鹅介绍牌下，读新的"猜猜看"：

①英文 penguin 的首字母。

我是来自东方的熊，
一半黑来一半白。
我最喜欢嚼竹子，
快来猜猜我是谁。

“大熊猫，我们来了！”莎拉欢呼一声，两个孩子穿过丛林猫科动物和珍奇鸟类区域，第一个赶到了大熊猫放养区。

“'猜猜看'在这儿呢。”拉尔夫赶紧用潘妮在第四个空格里填上“p①”。

“我是一头**粗野的牛**……”

“管它什么呢！”莎拉竟然不忙着去找答案，而是把小脸紧紧贴在玻璃上，目不转睛地欣赏起了大熊猫。

“什么？”拉尔夫**吃了一惊**。

“我们是第一个赶到这里的！”莎拉的眼睛只管紧盯着大熊猫，**头也不回**地说，“我们先休息一会儿，好好欣赏欣赏大熊猫。那只浑身雪白的大熊猫呢？”

①英文 panda 的首字母。

　　"鲍勃说它是个小宝宝,它一定是这群大熊猫里最小的一只了。"拉尔夫说着,努力在竹林里搜寻那个浑身雪白的小家伙。

　　拉尔夫和莎拉正忙着寻找大熊猫宝宝的身影,一辆动物园维修车"嘟嘟嘟"地开过来的时候,他们竟然没有察觉。

　　"哇呀!你们两个已经到这里来了?"

　　拉尔夫和莎拉闻声连忙转了个身,只见鲍

勃从驾驶室里探出头来。

"你们已经解出四个'猜猜看'了？"鲍勃惊叹不已，"可别说我出的题都太简单了！"

"当然没那么简单，"拉尔夫说，"莎拉是全校最聪明的学生，就连她也出了一个错——哎哟！"

拉尔夫龇牙咧嘴地揉了揉小腿肚，原来莎拉偷偷踹了他一脚。

"全校最聪明的学生？"鲍勃吃惊地问，"哪道题目猜错了？"

"那道题给出的线索**太模糊**了。"莎拉为自己辩护，"我以为，食蚁动物中比较难写的应该是针鼹鼠……"

"啊呀！有道理！"鲍勃懊恼地说，"现在要改也太晚了。"

"对我们班的同学来说确实已经晚了。"莎拉说，"不过等到别的学校的学生来参观……"

"不会有别的学校来参观了。"鲍勃黯然地说。

"**为什么**？"拉尔夫吃惊地问。

"因为动物园要关门了。"

"关门？"拉尔夫和莎拉齐声惊叫起来，"为什么？"

"办一座动物园需要很多钱，"鲍勃解释道，"要给动物供应食物，给动物园里的工作人员发工资，还要维护这些放养区……所以市长决定要卖掉动物园。"

"卖给谁？"莎拉问。

"奔志公司。"鲍勃说，"奔志公司打算拆掉动物园，在这里建一座记号笔工厂。"

潘妮一听到"记号笔",立刻警觉地**探出脑袋**来。

"记号笔工厂？"拉尔夫说，"可是这些动物不能住在记号笔工厂呀。它们怎么办？"

"我们正在联络别的动物园,希望他们能收留这些动物。"鲍勃说,"可是到目前为止,联络成功的不多。"

"动物园什么时候关门？"莎拉问。

"除非我们能想出好办法,不然的话,下周末就要关门了。"鲍勃说。

"莎拉**很聪明**的，她总能想出办法来。"拉尔夫满怀希望地说。

"即便如此,那也得是一个**超级计划**才行呀。恐怕木已成舟,不能挽回了。奔志公司已经开始往这里运送制造记号笔的原料了。"鲍勃说着,冲门旁一大堆黑色的大罐子努了努嘴。

"阿尔法一号,阿尔法一号,大象放养区需要您的紧急支援！"仪表板上突然响起一阵紧急呼叫声。

"我得赶紧开路了,象舍那边有紧急情况！"

鲍勃匆忙和两个孩子道了别，一阵风似的把车开走了。

拉尔夫和莎拉站在大熊猫放养区，**心不在焉**地看了一会儿，脑袋瓜儿里却在琢磨着挽救动物园的可行计划。

这时，他们的耳边忽然响起了念"猜猜看"的声音，那声音很是响亮清晰："我是一头粗野的牛，两角尖尖，要当心哟！我不是家养的好宠物，我来自青藏大高原。你们不会还没有**解开答案**吧?！"

拉尔夫和莎拉一回头，发现波尔特正在冲他们诡笑。

"哼，我可没工夫站在这里跟你们这些家伙东拉西扯。"不等拉尔夫和莎拉反应过来，波尔特轻蔑地扭过头去，朝着高原动物放养区的方向走去。

潘妮从拉尔夫的后口袋里探出脑袋，望着波尔特远去的背影，一种莫名的恐慌突然涌上她的心头。

不管波尔特去哪儿，黑马克似乎总是阴魂

不散,紧随左右。要是黑马克听到了鲍勃的话,知道动物园要变成一家记号笔制造工厂,潘妮心里很清楚,黑马克一定会不择手段加速推动这个计划。

第四章

大猩猩
抢走了潘妮

潘妮**心急如焚**，巴不得午饭时间快点到，好赶紧跟笔袋里的伙伴们通报这个可怕的消息。虽然波尔特在扬长而去之前，留下了有关答案的重要线索，拉尔夫和莎拉还是花了好一阵工夫才解开题目——"猜猜看"中，来自青藏高原的粗野的牛是青藏高原牦牛。

"河马、食蚁兽、企鹅、大熊猫，还有青藏高原牦牛。"莎拉把每个词的首字母都拎出来排成一列，"我们把'神秘的一句话'中第一个词解答出来了：happy，开心。我们休息一下，吃个午饭，怎么样？"

"太好了！"拉尔夫的肚子早饿得咕咕叫了，他就盼着这句话呢。拉尔夫匆匆忙忙地把潘妮丢进笔袋里，急不可待地扯开了三明治的包装纸。

回到笔袋里后，潘妮眉头紧皱，**心神不宁**。

"潘妮，出什么事儿了？"麦克关切地问。

"他又回来了……动物园要被关闭了……记号笔工厂……"潘妮语无伦次地说。

"别着急，先冷静下来。"格鲁普说，"现在听我的口令，**深呼吸**，放松，把事情一件一件地讲给我们听。"

"他回来了，黑马克回来了。"潘妮神色慌张地说。

所有书写文具无一例外地发出一声令人心悸的惊呼。只有格鲁普没吱声，他双唇紧闭，深锁起了眉头。

"他要把动物园给关闭掉,在动物园的原址上建一座记号笔工厂!"潘妮一口气把话讲完。

听到这个炸雷般的消息,有一半彩色铅笔当场昏倒在地, 麦克和小不点吓得浑身**抖个不停**。

"慢着,慢着。"格鲁普沉稳地举起一只手,请大家安静,"潘妮,你有什么证据证明黑马克已经回来了?另外,你凭什么认为他有本事把动物园变成一家记号笔工厂?"

"我听这家动物园管理员鲍勃跟拉尔夫和莎拉聊起这件事……"潘妮说。

"这位动物园管理员大人有没有亲口提到黑马克?"格鲁普打断了潘妮的话。

"没有,"潘妮**老实**地回答,"可是波尔特刚才偷听到了他们的对话,还有黑马克……"

"潘妮!"格鲁普赶紧打断了潘妮的话,因为在谈话中每出现一次"黑马克"的名字,就会有几支彩色铅笔昏倒。"你最后一次见到他是什么时候?"

"在太空活动营的时候。"潘妮答道。

"那时候他是什么模样?"格鲁普继续追问。

"他变得更高大、更凶狠,也更强壮……"

"不对,"格鲁普板着脸说,"你最后一次见到他时,他到底是什么模样?"

"你是说火箭腾空的时候吗?就是他浑身起泡、**皮开肉绽**,变成一块被烧焦的废塑料的时候吗?"潘妮问。

"正确!"格鲁普满意地点点头,又转身面对那些被吓得畏畏缩缩的彩色铅笔,极力地安慰着她们,"我承认,先前黑马克屡次绝处逢生,卷土重来。不过上一次,我们大家亲眼见证了那一幕:他在火箭喷出的灼热烟雾中化成了一堆废塑料。他绝对不可能**逃过此劫**。"

听到格鲁普的话,彩色铅笔全都长长地舒了一口气。有几支彩色铅笔低声聊了点什么,又冲着潘妮指指点点了一番,接着放声大笑起来。只有麦克和小不点同情地看着潘妮,坚定地站在她这一边。

格鲁普满意地点点头,转身背对着大家。

"你们三个，跟我来。"格鲁普突然沉下脸来，带着潘妮、麦克和小不点来到笔袋安静的角落，"关于记号笔工厂，这位动物园管理员还说了些什么？"

"你怎么突然关心起这个来了？"潘妮生气地说，"你不是不相信黑马克又回来了吗？"

"嗯，我深信不疑。"格鲁普**平静地说**。

"什么？"潘妮吃了一惊。

"他没准是被烧掉了一层皮，不过我可知道，黑马克是邪恶到骨子里的家伙，"格鲁普继续说，"只要他身体里的墨芯还在，他就很有可能死里逃生。"

听到这句话，小不点吓得尖叫起来。

"你刚才在大伙面前说那一通长篇大论又是为什么呢？"麦克问。

"我这么说是为了让彩色铅笔平静下来，"格鲁普说，"你们也都知道她们的神经有多脆弱。刚刚你们不都看见了吗？一听到黑马克的名字，先是有半数彩色铅笔当场晕倒在地。要是她们真的认定黑马克又一次卷土重来，你们能想象整个笔袋会陷入多么混乱的局面吗？"

"先别想笔袋的事儿了。想象一下，要是黑马克带着他那些刚被制造出来的马克军团，浩浩荡荡地占领了通往拉尔夫和莎拉学校的道路，这下子可就是天下大乱了！真是想都不敢想呀！"小不点添油加醋地说。

"我们 **一 步 一 步** 地来。"格鲁普说，"好了，潘妮，你得告诉我，鲍勃有没有谈到什么重要的事情，你觉得波尔特会偷听到？"

"我不能确定波尔特什么时候到了那里。"潘妮说，"鲍勃说制造记号笔的原料已经被运过来的时候，他大概已经在那儿了。"

"那些原料放在哪儿？"格鲁普问。

"距离大熊猫放养区不远的地方。"潘妮说。

"那我们就应该从那个地方下手。"格鲁普果断地说。

"可是我们怎么

才能到那儿去呀？"潘妮**犯愁了**，"拉尔夫和莎拉已经去过大熊猫那里……"

"我有个主意！"麦克突然高喊起来。

潘妮还没来得及细听麦克要说些什么，突然，一根拇指和一根食指牢牢地夹住了她的腰，把她从黑乎乎的笔袋里带入了明媚的阳光下。看样子,午餐休息时间结束了。潘妮使劲眨巴了几下眼睛，才看清楚眼前的景象:一圈干草围栏里，几匹黑白条纹相间的马儿正在围栏里**溜达**。

"看到没?"莎拉炫耀地指着那几匹马，连忙在空格里填写下了一个字母"z①"。"我告诉过你

---
①英文 zebra 的首字母。

的——我来自非洲,身上长条纹,黑白相间真帅气,我是一匹拍不出彩色照片的马。我就说是斑马的嘛。"

"哼,第一句是很好猜。后面的就没那么容易了嘛。"拉尔夫不服气地**嘟囔着**。

"下一个'猜猜看'在那儿,"看着拉尔夫窘促的模样,莎拉"扑哧"一声笑了出来,"你快过去读一读。"

拉尔夫老大不情愿地走过去,他先是默读了一遍,确认题目里没有什么叫他费解的内容,才大胆地朗读起来:

"我喜欢荡秋千,我最爱吃香蕉,我住在热带雨林里,一身橙色皮毛真帅气。"

"铁定是大猩猩。"莎拉**成竹在胸**。

"来自苏门答腊的西米恩斯,我们来了!"莎拉和拉尔夫争先恐后地朝大猩猩放养区跑去。大猩猩介绍牌上贴着下一个"猜猜看"。拉尔夫在第七个空格里填下了字母"o①",又急忙开始读新题目,这个"猜猜看"很简单,答案一**目**

---

①英文 orangutan 的首字母。

了然。

"我知道这是什么了！"拉尔夫乐呵呵地欢呼起来。

"嘘！"莎拉叫他安静下来。

"好吧，"拉尔夫无可奈何地说，"你不是急着要把'神秘的一句话'给完成嘛，难道我弄错了？"

"谁在乎什么'神秘的一句话'！"莎拉紧紧地盯着信息牌，头也不回地说。

"对，我就不在乎。"波尔特手舞足蹈地在莎拉面前摇晃他的活动手册，"我已经完工了。这神秘的一句话是：happy zoo！开心动物园！"

可是莎拉根本不理会波尔特的挑衅，她转过头来，伤心地看着拉尔夫。

"多么美丽的动物呀，可它们却是濒危物种。"她满含热泪地说，"全世界现存仅几千只。"

拉尔夫默默地看着大猩猩。它们正在**无忧无虑**地玩耍，倒是有一只大猩猩用好奇的眼神看着拉尔夫。

"它们为什么会濒临灭绝？它们看起来很健

康啊。"拉尔夫傻傻地问。

"我说的不是动物园里的这些,"莎拉说,"我说的是生活在自然环境中的大猩猩。它们的生存环境遭到了严重的破坏,大猩猩找不到足够的食物,也逐渐失去了它们**赖以生存**的栖息地……还有一些大猩猩被非法狩猎者抓走,它们的命运更加悲惨!"

那只好奇的大猩猩凑近过来,专注地看着拉尔夫和莎拉。

"瞧呀,"莎拉说,"它想跟我们交朋友呢。"

大猩猩**冷不丁**把手伸出栅栏,一把从拉尔夫手中夺走了潘妮。

"嘿!那是我的铅笔!快还给我!"拉尔夫冲着栅栏里面大喊大叫,那只大猩猩拿着潘妮,一口气跑到了放养区后方。

"嘿!我是拉尔夫的铅笔!快把我还回去!"潘妮也在拼命地大叫。

大猩猩看着潘妮的眼睛,突然开口说话了:"就不。"

潘妮**眨了眨**眼睛,一下子愣住了。

"你……你……你竟然会说话！"潘妮傻眼了。

"当然了。"大猩猩得意地说。

"你……你……还能听见我说话？"潘妮结结巴巴地说。

"那可不。"大猩猩笑嘻嘻地说。

"可是……可是……你是怎么办到的？"

"动物都会说话。"大猩猩挤眉弄眼，搞怪地说。

"太好了，"潘妮说，"现在我告诉你，请把我还给拉尔夫。"

"这个嘛……恐怕办不到。"大猩猩嬉皮笑脸地说。

"你当然能办到。"潘妮坚决地说,"你只要走到栅栏前面,把我放回到拉尔夫的手心里,道个歉。等一下,你还是别道歉了,免得把他给吓傻了……"

"就不。"大猩猩厚着脸皮说。

"为什么不呢?"潘妮**不依不饶**地问。

这时,一只年迈的大猩猩走了过来,胸前飘荡着一把灰胡须,他的眼神中充满哀怨。灰胡子凝视着潘妮,给出了回答:"因为我们需要你的帮助。"

第五章

黑马克的偷袭

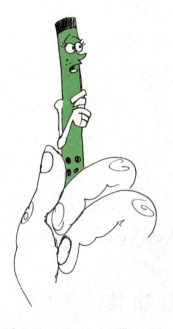

"哦,真的吗?"潘妮不以为然地说,"可是拉尔夫需要我的帮助才能解开'野游猜猜看'——等一下,你刚刚说需要我的帮助?"

"是的。"灰胡子**一字一顿**地说,"我们处在危机之中。"

"我知道你们处在危机之中,我读过介绍牌了。"潘妮说,"我也很清楚我是用木头做的铅笔,客观上来说,对于森林被砍伐,我也无能为力。"

"我不是单单在谈论我们大猩猩的命运。"灰胡子打断了潘妮的**长篇大论**。

"我知道,我也很清楚,森林被砍伐也影响了大象和老虎……"潘妮抢着说。

"我不是要说森林被砍伐的事情,虽然这也是很严峻的现实。"灰胡子又一次打断了潘妮的话,"我说的是居住在奇诺克动物园里所有动物的命运。"

"你们都要绝种了吗？"潘妮口无遮拦地问。

"要是记号笔工厂在这里兴建起来的话，我们大家确实都死定了。"从拉尔夫手里抢走潘妮的大猩猩罗布说。

"嗯。"潘妮漫不经心应了一句。

"你可是美名远扬呀，我们相中的就是你跟记号笔对抗到底的信念。"灰胡子的话意味深长。

"美名远扬？"潘妮很是纳闷，"怎么会……"

"美名远扬靠的是**口口相传**，"罗布说，"你这样的大名人已经登上了《猴知猴觉》的封面。"言语间，罗布流露着仰慕的神情。

"《猴知猴觉》是什么东西？"潘妮问。

"《猴知猴觉》是位居动物园畅销书刊榜首的娱乐杂志。"谈起这本畅销杂志，罗布说得吐沫横飞，"要是你有本事把一群猴子跟几台打字机关在一间房子里，就等着瞧好吧，你会读到比《莎士比亚全集》好玩得多的东西。"

"我看这个闲聊该**告一段落**了，"灰胡子说话的腔调跟格鲁普几乎一模一样，"我们得探

讨些比猴子传媒圈更要紧的大事。"

潘妮和罗布立刻收声，安静了下来，其余的大猩猩也聚集过来，屏息静气地等着听灰胡子讲话。

"好了，潘妮，"灰胡子说，"我不知道你是否已经听说，动物园可能会被拆掉，变成一家记号笔工厂……"

"要我说，这已经不是可能不可能的事情了，事态发展的程度比你想的还要严重。"潘妮停顿了一下，接着又说，"他们已经开始往这里运送原料了！"

"他们什么？"

"什么时候？"

"你怎么知道的？"大猩猩们**七嘴八舌**发出了疑问。

"我恰好听到动物园管理员和我的小主人聊天，我也亲眼看到大熊猫放养区旁边堆了很多原料。"潘妮说。

"看样子情况比我预想的还要糟糕。"灰胡子沮丧地说。

"大熊猫为什么不传话给我们？"罗布不满地说。

"他们的脑子里除了竹子还装得下别的东西吗？"一只母猩猩轻蔑地说。这是潘妮见到的第一只母猩猩，名叫汉娜。

"够了！"灰胡子举起一只手，请大家**保持安静**。"既然你早有耳闻，"他对潘妮说，"我想你大概早有准备？"

"老实说，还没有，"潘妮说，"不过大熊猫放养区附近的罐子堆放在那里，倒是实施行动的好地方。"

"好。"灰胡子果断地说，"胆小鬼菲奥娜一会儿会去大熊猫放养区。"

"谁是**胆小鬼菲奥娜**？"潘妮一边说一边在大猩猩群里搜寻起来。

"她跟我们不是一伙的，"罗布说，"她是动物园管理员。"

"她怎么会叫胆小鬼菲奥娜呢？"潘妮好奇地问。

大猩猩们互相交换着眼色，开始窃笑，就连一向不苟言笑的灰胡子，此时脸上也泛起了一丝难得的笑意。

"因为她差不多什么动物都害怕。"灰胡子解释道。

"就连荷贝她都怕！"罗布抢着说，话音刚落，大猩猩群中爆发出一阵**哈哈大笑**。

"嘘！"灰胡子连忙请大伙安静下来，放养区里响起了钥匙在锁洞里转动的脆响声。

门缓缓地开了，一只靴子小心翼翼地探进了放养区，紧接着靴子的主人——一位女孩子小巧的身子也慢慢探了进来。她比莎拉高不了多少，胆子却比莎拉小多了。

"乖猴子……你们的饭来了……"胆小鬼菲

奥娜**战战兢兢**地说。

"我们不是猴子，我们是大猩猩。"汉娜厉声叫道。

"嘘！你吓着她了！我们得拜托她把潘妮带到大熊猫放养区那里去呢。"罗布一边说，一边扑过去，伸出长长的手臂，把潘妮递到菲奥娜面前。

可是胆小鬼菲奥娜根本听不懂动物在说什么。她听到的只是大猩猩的一阵乱叫，接着一只大猩猩猛地蹿出来，冲到她面前。菲奥娜吓得**魂飞魄散**，她慌不择路，尖叫着冲出了大门。

罗布追了过去，他拼命伸长了胳膊，把潘妮塞进

了菲奥娜的短裤后兜里。这一刻，菲奥娜飞一般
消失在了大猩猩放养区外。

"不要，不要放在后兜里呀！"潘妮哇哇叫
着，可是已经晚了。门被锁上了，潘妮被菲奥娜
裤兜的两层布紧紧地裹住了。

潘妮慢慢地爬到后兜上方，露出脑袋往外
看。这时她感觉到一阵熟悉的震动，紧接着一股
难闻的气味在鼻子周围弥漫开来。

"**呀，不好**！"潘妮叹了口气，赶紧用一只
手捏住鼻子，另一只手使劲在面前扇来扇去。

"应该叫她臭屁菲奥娜更合适！"潘妮皱着

眉头想。

"吱呀"一声，门开了。原来胆小鬼菲奥娜蹑手蹑脚又走进了另外一个放养区。这里响起一片奇怪的咀嚼声，时不时还传出一阵"噼里啪啦"的伴奏声。

"乖乖熊……"胆小鬼菲奥娜悄悄靠近那些动物，要履行动物管理员的职责。与此同时，她的屁股不断地震动着，发出一阵阵臭味。

等呀盼呀，胆小鬼菲奥娜终于转过身子，潘妮这才有机会看到里面的情景——眼前是一节节的竹子，偶尔眼帘里会出现一只**黑乎乎**的爪子。

"这里就是大熊猫放养区了！"潘妮忍不住深吸一口气，叫了出来。

潘妮大口大口地呼吸着新鲜的空气，这会儿胆小鬼菲奥娜的屁股总算不再一抖一抖地放臭屁了，周围的空气清新怡人。突然，潘妮又嗅到了另外一股古怪的恶臭。那种臭味甚至比让她待在吃了咖喱烤豆的人的屁股口袋里还要叫她恶心。这股恶臭来势凶猛，嗅着浓浓的油墨味，潘妮心中立刻有数了。

"我来晚一步，他已经到过这里了。"潘妮**叹了口气**。

她扭着身子挤到了菲奥娜后兜最上方，趁着菲奥娜不注意，一跃而下。潘妮落在了一节竹竿旁边，循着**那股怪味**，她在一节节竹竿之间滚来滚去。

潘妮一步步靠近远处一个角落，那股油墨味越来越浓重了。

"不是黑马克就是……"潘妮的思路突然被打断了，眼前滚来一只小巧的大熊猫，她正在美美地嚼竹叶。这只大熊猫跟其他大熊猫似乎没什么两样，不过她浑身的皮毛都是白色的，只有双眼周围一小圈和爪子是黑的。等到潘妮又凑近些，她注意到这只大熊猫的眼睛是蓝色的，普

通大熊猫的眼珠则是深棕色的。

"**不黑**？"潘妮试探地叫了一声。

小家伙闻声抬起头来。

"再也不是'不黑'了，竹子、竹子。"大熊猫嘴里嘟囔了一句，又低下头，一个劲儿地啃起了竹子。

"你说什么呢？"潘妮问。

"在我们中国，'不黑'就是没有一点黑色的意思，竹子、竹子。"不黑嘴里塞得满满的，说起话来口齿不清，"不过现在，我身上该黑的地方都黑了,竹子、竹子。"

"不黑,你别伤心。我会替你抓住那个家伙的。"潘妮**同情地说**。

"请代我向他道谢,竹子、竹子。"不黑边吃边说。

"道谢?"潘妮吃了一惊。

"对呀,竹子、竹子。现在我看起来跟别的大熊猫没什么两样了,竹子、竹子。"

潘妮正要分辩什么,就在这时,一只大爪子伸过来抓住了她,两只大大的深棕色眼睛好奇地盯着她,看个没完。

"你真是一节奇怪的竹竿，竹子、竹子。"大块头大熊猫喃喃自语，这是潘妮见到过的个头最大的大熊猫。大熊猫一边**自言自语**，一边作出要把潘妮往嘴里送的姿势。

"**我不是竹竿**！"潘妮惊慌地大叫起来，"我是一支铅笔。"

大熊猫茫然地看着她。

"我是一支铅笔，竹子、竹子。"潘妮赶紧又

补充了一句。

"你不是大熊猫,又不是竹子,你来我们这里干什么,竹子、竹子?"大熊猫不客气地问。

"我想要阻止干了这卑鄙勾当的大坏蛋。"潘妮说着,指了指不黑,末了,她又赶紧有样学样地添了一句:"竹子、竹子。"

"怎么了?竹子、竹子。"大个儿的大熊猫问。

"不黑现在的样子跟普通的大熊猫没区别了,竹子、竹子。现在再也不会有那么多人愿意来这里参观,兴奋地**指指点点**了,竹子、竹子。我说,我们得赶紧给她想个好听点的新名字了,竹子、竹子。"

"除非我们亲手抓住这个坏蛋,不然被他这样折腾下去,动物园再也不会有客人来参观了,动物园就要关门大吉了!"潘妮着急地说。

大熊猫面无表情地看着她。

"竹子、竹子。"潘妮又赶紧加了一句。

大熊猫摆出一副"关我什么事"的表情,冷漠地耸了耸肩,屁股一扭,又回到竹子宴里**大吃特吃**起来。

"不黑,竹子、竹子,"潘妮不甘心地回过头去,"给你身上涂黑的那个家伙长什么样子,竹子、竹子?"

"长得跟一截竹竿差不多,只不过他浑身黑乎乎的,还戴了顶帽子,闻起来臭烘烘的,竹子、竹子。"不黑老实回答。

"果然没错。"潘妮又问,"你看到他朝哪个方向走掉了吗,竹子、竹子?"

"那边,竹子、竹子。"不黑指了指放养区后门。潘妮立刻朝那扇门滚过去。

"没准儿是这边,竹子、竹子。"不黑又指了指放养区前门,前门方向正拥来一大群游客,他们急急忙忙赶过来,想要好好看一眼**浑身雪白**的珍稀大熊猫。

潘妮连忙转身朝人群方向走去。

"让我再想想,竹子、竹子……"不黑冲着潘妮的背影大叫一声。

潘妮不想再搭理她。潘妮受够了这群没脑子的大熊猫,也受够了它们对周围事物漠不关心,只是一个劲儿地啃竹子的自私态度。潘妮一

路上小心翼翼，在竹竿间灵巧地跳来跳去，以免大熊猫把自己当竹子吞进肚里。潘妮一蹦一跳地跑出了放养区，溜进了**熙熙攘攘**的人群里。

第六章

家 的 感 觉

　　在人群中，潘妮对自己的莽撞行为感到很后悔。她溜出大熊猫放养区前门，滚到了动物园最为繁忙的人行道上。

　　上百双步伐匆忙的脚**来 来 回 回**，左一踩右一踏。这些脚的主人都急着想要看一眼比普通大熊猫还要珍稀的白色大熊猫。黑马克对不黑下黑手是刚刚才发生的事儿，动物园管理员都不知道大熊猫放养区里已经没有纯白色的大熊猫可看了。不知情的人们拥到栅栏前，伸长了脖子四处搜索着，不肯轻易离开。潘妮不得不左躲右闪，有时候还得来个高难度的直立动作，以免被迎头踏下来的脚踩个骨肉粉碎。她提心吊胆地**躲躲闪闪**,没多久便筋疲力尽了。就在她一步也动弹不了的时候,身子右边忽然响起一个声音:"喂!到这边来!"

潘妮转头看去,看到了排水管的出口。奇怪的是,这个出口不光是一个黑黑圆圆的大洞,它竟然还长着一双大眼睛、一个肉鼻头和几根长胡子。

"这边,快点儿——趁你还没被压成肉饼,赶快!"正在这个节骨眼儿上,一只高跟鞋的鞋跟不偏不倚地冲着潘妮的脑瓜罩了下去,鞋尖和鞋跟一前一后落地。潘妮在鞋底下**使劲挣扎**着,冲着排水管加速滚了过去;她左躲一只鞋子,右躲一只靴子,冷不丁身边还会冒出一只木底鞋。潘妮好不容易滚到排水管旁边的时候,那双眼睛和几根长胡子突然消失在了水管里头,只在身后留下一句短促的"跟上我"!

潘妮勇敢地滑进排水管中,不幸的是她立刻就被卡住了。原来水管出水口和落水管之间拐弯太猛,潘妮根本弯不进去,任凭她怎么乱扭乱动,也没办法钻进排水管中。

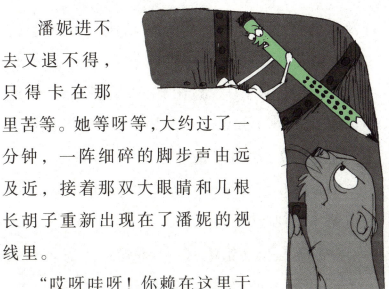

潘妮进不去又退不得，只得卡在那里苦等。她等呀等，大约过了一分钟，一阵细碎的脚步声由远及近，接着那双大眼睛和几根长胡子重新出现在了潘妮的视线里。

"哎呀哇呀！你赖在这里干吗？可别告诉我，你打算下半辈子都在这个破水管的出水口里过了！"

"我真没这么打算。"潘妮委屈地说。一会儿的工夫，潘妮发现从排水管深处不断涌出难闻的气味。

"那你还在这里耗什么？"性急的家伙扭头就跑远了。

潘妮用小脚拼命地敲打着水管，不一会儿，水管那端果然又发出一阵阵"噼里啪啦"的脚步声。

"要是上一回你肯多停留一会儿，我就能来

得及告诉你——我被卡住了。"潘妮没好气地说。

"卡住了？"

"一点也动不了。脚在那头,脑袋在这头。进不去又出不来,卡牢了,活受罪呀!"潘妮赶紧**长话短说**,摆明了难处。

"你就不能弯弯腰,左右摇摆几下身子,挤下去跟上我吗？"

"可我是一支铅笔呀!"潘妮终于忍不住发火了,"我们不能摇摆,更没法弯腰!"

"我们？这里除了你还有你的同伙？"

"没有,我是说铅笔都是这样。"

那双眼睛和胡子好奇地凑近过来。

潘妮终于看清楚了,这是一只体形瘦长的动物。这个莽撞的家伙一把拽住潘妮的脚,**拼命拉扯**着,想把她从水管拐弯处拽过去。可是费了一番力气之后,潘妮非但没有被他拽下去,反而被卡得更死了。

"没用的!"潘妮龇牙咧嘴地叫起来,要知道屁股被牢牢地卡在水管拐弯处的感觉可实在不好受呀!

"看来我们得走另外一条道儿了。"那家伙说着，拼命把潘妮往上推。

潘妮的脑袋"嗖"的一下从水管里飞了出去。那么短暂的瞬间，潘妮看到了**蓝幽幽**的天空，紧接着一只鞋跟迎头压了下来，就差一厘米，眼见鞋跟就要压着她的鼻子了，潘妮的脚踝被猛地一扯，整个身体又被拽进了水管里头。呼！总算脱离险境了。

"你还好吧？"动物关切地问。

"要是没有谁不停地把我骗到这儿再推到那儿，又害得我差点被人踩个稀烂，那我真是好得不能再好了！"潘妮愤愤地抱怨着。

"嘿！你怎么能这么**忘恩负义**？要我说，我刚刚可救了你两次！"这只小动物说起话来也毫不含糊，"你连弯个身子都不会，世上怎么有你这样的蠢东西呀！"

"我已经告诉过你了，我是一支铅笔！"潘妮气得**浑身发抖**，从牙齿缝里挤出这句话。

"铅笔是什么东西？是一种不会弯身子的蛇吗？"

"不是，我不是动物。"潘妮说，"我是一种书写

文具。人类用我在纸上写文字、写数字什么的。"

"他们干吗要干那些无聊的事儿？"这家伙没头没脑地问。

"记下一些东西留着给自己读或者让别人读呀。"潘妮说。

"哦，"动物似懂非懂地应了一句，"我可不知道怎么阅读。"

接着便是一阵**尴尬**的沉默。

"你又是什么动物？"潘妮赶紧换了个话题。

"我是土生土长的爱尔兰白鼬！"那家伙自豪地说。

"白鼬……白鼬……"潘妮边说边动起了脑筋，"你是说黄鼠狼吗？"

"别在我面前说出这种粗鲁的字眼！爱尔兰可没有黄鼠狼这东西。我们都是白鼬。我本来以为像你这种有点学识的铅笔会在哪儿听说过我们的。"白鼬气呼呼地说。

"哦，好吧，"潘妮**喃喃地说**，"不好意思，白鼬先生……"

"叫我米里根吧。"白鼬大方地说。

"我叫潘妮。"潘妮赶紧报上大名。

"说说吧，潘妮，是什么把你吸引到动物园里来的？"米里根问。

"说来话长呀！"潘妮一下子打开了话匣子，滔滔不绝地跟米里根讲了"猜猜看"、她跟大猩猩的谈话，以及后来发现不黑被袭击的事情。

"记号笔工厂？"米里根问。

"是的。"潘妮郑重地点点头。

"他们打算关掉动物园？"

"是的。"潘妮又点点头。

"这下子可真是大难临头了，我们的光辉事业要完蛋了！"米里根哀叫一声。

"你们的**光辉事业**？"潘妮不解地问。

"让人类更加关注我们爱尔兰本土动物,把本土动物的地位也提高到跟外来动物一样的水平。"米里根说。

"什么?"这个想法太大胆了,潘妮简直不敢相信自己的耳朵。

"来吧,我带你兜一圈,你就会明白了。现在路上安全了。"

米里根又用力一推,把潘妮从水管里推到了路面上。

"还等什么?"说着,米里根的尾巴快速消失在了洞口外。

潘妮小心翼翼地探出脑袋。天色暗了下来,已经是黄昏时分,路上没有一个行人。看样子动物园已经关门了。她紧紧地跟在米里根身后,行走在这寂寞无人的大路上。一路上他们经过了好多种动物的放养区,最后终于走到一株参天大树跟前。大树的树干粗壮,连树根也盘旋着露出了地面。

米里根在迷宫一般的树根上**跳来跳去**,不一会儿就来到了一扇绿色的木门前。绿色的

木门上画着一株玲珑的三叶草，三叶草被涂成了鲜亮的橙色。"嗒嗒嗒"，他轻声敲响了门，又静静地守在门口。

门"吱呀"一声开了条缝儿，一个小小的鼻头从门缝里弹了出来，紧接着又露出几根尖刺。

"斯派克！"白鼬一边叫，一边使劲往门缝里挤。他用力过猛，一个跟头栽在地上，越过门后的刺猬，滚进了屋子里。

"米里根！"刺猬连忙把他从地上扶起来，

给他拍拍身上的
灰尘。

"快把家里的
好东西都拿出来,
我们有客人要招
待啊!"米里根一
边吆喝着,一边热
情地把潘妮让进屋子里。

潘妮惊奇地在这个被斯派克和米里根唤作
"家"的树洞里转悠着,这儿看看,那儿摸摸。在
潘妮眼里,这地方倒像是酒吧和旅游纪念品商
店的综合体,房间里摆满了**五花八门**的东
西:爱尔兰小精灵装饰品、三叶草啤酒杯垫礼品
套装、沃特福德水晶摆件的残片……墙上铺天
盖地张贴着各种海报和画报,有黑啤酒广告招
贴画,也有"明天啤酒大赠送"或者"欢迎光临"
等大幅的标语。显然斯派克和米里根他们谁都
不识字,那些海报和招贴画贴得东倒西歪,或者
干脆颠倒着,没有一张贴得能叫人好好看。

"你们从哪儿弄来这么多东西?"潘妮好奇

地问。

"我们收集的。"斯派克**自豪地**说。

"从哪儿收集的？"

"长凳底下、洗手间外面、草地旁边……不少游客都会粗心落下点东西，或者随手丢点垃圾。"米里根快活地说。

斯派克在一旁**摇了摇头**说："这些打国外来的游客逛动物园的时候，他们的包里装满了我们国家的各种旅游纪念品，遗憾的是，动物园里却没有设立爱尔兰本土动物展览区。"

"有一次我无意间听到一个美国人问动物管理员，在哪儿能看到爱尔兰小精灵展。"米里根哈哈大笑起来。

"你们这么忙活就是为了这个吗？"潘妮问，"爱尔兰本土动物展？"

"我们还没完工呢。"斯派克这儿摆摆，那儿放放，手脚不停地忙碌着。

"我们还要开扇窗子。"说着，斯派克指了指墙上一大块空白区域，上面满是粉笔画的线条和写的数字。

"我们在等待一块大小合适的玻璃。"米里根说。

"爱尔兰啤酒厂卖的那种玻璃瓶子就挺合适。"斯派克摇头晃脑地说。

"只要哪位健忘的游客……"米里根的话突然被一声尖利的哀叫给打断了。

"听起来像是塞尔达，我们赶快过去看看！"斯派克风风火火地朝门口飞奔过去，米里根紧跟在他身后冲了出去。潘妮想也不想，顾不得自己对这一带人生地不熟，她跟在两个新结识的朋友身后，一头扎进了**茫茫夜色**里。

第七章
斑马不见了

　　潘妮很快就掉队了，要跟上斯派克和米里根健步如飞的脚步实在太难了。太阳早早就落山了，动物园里**漆黑一片**。潘妮只能靠耳边"啪嗒……啪嗒"八只爪子踏在地上的声音来分辨前进方向。

　　可是动物园里许多动物不断地吼呀、叫呀、吵呀、闹呀，这些嘈杂的叫声跟脚步声混杂在一起，潘妮很难听清楚。在震耳欲聋的叫喊声里，潘妮没有留意到"**啪嗒、啪嗒**"的脚步声已经停下来了，她只管往前冲，结果一头扎在了米里根的背上。米里根被猛撞一下，往前扑倒在了斯派克的身上。

"嗷！"米里根痛得一声惨叫。他连忙站起来，从肉肉的鼻头和身子上拔下几根斯派克的利刺。

"走路不能长点眼吗？"米里根没好气地抱怨着，又揉了揉被刺扎着的一块皮。

潘妮朝黑乎乎的放养区里使劲**瞅了瞅**，一只动物也没见着。她又赶紧瞄了瞄旁边的介绍牌，想看看塞尔达到底是什么动物，可是牌子上漆黑一片，潘妮一个字也看不清。

"塞尔达，塞尔达？你在哪儿？"斯派克大声叫着。

一阵"嘚嗒、嘚嗒"的脚步声渐渐靠过来，在他们附近停住了。

"塞尔达？"米里根小心地叫了一声。

"我在这儿。"一个清脆的声音传来。正在这时，放养区上空一阵雷鸣，黑色的夜空上划过一道闪电。闪电照亮了塞尔达的身影——站在潘妮、斯派克和米里根面前的是一匹黑马。

这匹黑马惭愧地**垂着脑袋**，斯派克和米里根见此情形，不由大吃一惊。

"这匹马怎么了？"潘妮小声问米里根。

"塞尔达不是普通的马，她是一匹斑马。"米里根说。

"可是斑马不是都有黑白条纹的吗？"

"一个小时前我身上还有白条纹的。"塞尔达抽泣着说，"后来一个臭烘烘的家伙把我的白条纹给偷走了。"

"偷走？"潘妮不敢相信自己的耳朵。

"是的。他脱掉帽子，张开大嘴，把我的白条纹全给吸走了，他就像一台臭烘烘的巨型吸尘器。现在，我的模样实在太可怕了！"塞尔达伤心地嘶叫起来。

"你确定他是把你的条纹给吸走的？"潘妮问，"会不会是他给你身上涂了颜色？"

"吸和涂又有什么区别？"塞尔达抽泣着说，"我身上的条纹反正已经没了。"

"潘妮，"米里根低声问，"黑马克会不会在攻击了不黑之后，又冲塞尔达下了黑手？"

"我敢肯定就是他。"潘妮坚决地说。

"那我该怎么办？"塞尔达**哭哭啼啼**地

说，"要是明天游客来动物园，看见的不是斑马，而是一匹普通的黑马，他们会很失望的。更不要说狮子……"

"那么骄傲的狮子也会来动物园参观？"斯派克迷迷糊糊地问。

"不是！我说的是住在动物园里的狮子们！"塞尔达大声嚷嚷着，"没了伪装的条纹，那些狮子在一公里之外也能清清楚楚地看见我。要不了多久，我就会成为他们的一顿美餐了……"

"塞尔达，"米里根**语重心长**地说，"我们早就告诉过你了，狮子们都被关在放养区里，放养区周围还挖了深深的壕沟，外加六米高的水泥加固围墙和电网，那些家伙再怎么厉害也跑不出来。"

"狮子放养区是动物园里最牢固的区域。"斯派克又赶紧补充了一句。

"跟荷贝的放养区有一拼。"米里根刚说完，便跟斯派克和塞尔达默契地**大笑起来**。潘妮记得，大猩猩提起荷贝的时候也这样大笑。

"谁是荷贝？"潘妮问。她对大家默契的笑话不明就里，心里觉得很恼火，一时也顾不得忧心黑马克的到来和塞尔达失踪的条纹了。

　　"他是一只苏门答腊虎。"斯派克说着，擦了擦笑出来的眼泪。

　　"我记得那只老虎名叫泽坦呀。"潘妮还记得早晨动物园管理员和孩子们的谈话。

　　"那是动物管理员们给他取的名字。"米里根笑着说。

　　"你们为什么叫他荷贝？"潘妮问。

　　"因为他在新世界游历了一番，**重新发现**了自我，从此便成了一名素食主义者。"斯派克说。

　　"什么？"潘妮以为自己听错了。

　　"素食主义，你知道吧？他什么肉类都不吃了：猪肉、鱼肉一概不吃，就连鸡蛋和奶制品也不碰一下。"米里根解释道。

　　"棉花糖、果冻、蜂蜜一样也不要……"斯派克念经一般又列出了好多种食品。

　　"我跟你说了多少回了？"米里根插嘴说，"不是所有的棉花糖和果冻……"

　　"别忘了还有冰激凌。"斯派克又补充了一句。

　　米里根翻了翻白眼，"不是所有的棉花糖、果冻和冰激凌都是用素食主义者不能接受的动物蛋白做的呀！"

　　"你们到底还有完没完了？"潘妮不耐烦地说。

　　"哦，完了。"斯派克轻蔑地瞟了米里根一眼，"反正长话短说吧，这只苏门答腊虎是**彻头彻尾**的食草动物，所以我们给他取了个外号叫荷贝。"

　　"他还痴迷于净化心灵和纸牌游戏。"米里

根说。

"他的那些纸牌据说还有预测未来的功能，但是我**半点**儿也不信。"塞尔达不屑地说，"昨天他就根本没有预见到我今天会倒大霉。"

"说起黑马克，"潘妮适时地转移了话题，"我们得抓紧时间找到他，不能再让他对大伙乱下黑手了。好了，大家快想想看，还有哪些动物身上长着白条纹或者**白点点**，能让黑马克在他们身上涂色？"

"那就是荷贝了。"斯派克说完，伙伴们心领神会又嘿嘿笑作一团。

"除了荷贝呢？"潘妮继续问。

"没准儿他会把臭鼬的白条纹给偷走吧。"塞尔达说。

"没准儿他还会给北极熊的白色皮毛上画点黑团团，把他给变成另外一种熊。"米里根说。

"听起来我们有好多地方要跑呀。"潘妮皱起了眉头。

"我该怎么办呀？"塞尔达愁眉苦脸地问。

这时天空中又**隆隆作响**，豆大的雨点砸

了下来。

"有主意了！"斯派克兴奋地大叫起来，"你待在雨里别动，大雨会把你身上的油墨洗干净的！"

"别开心那么早，洗不掉的。"潘妮说，"黑马克的墨迹不会那么容易被洗掉，得用特殊的溶剂才能把记号笔的油墨洗干净呢。"

一道闪电划过，瞬间照亮了塞尔达的身子，也证明了潘妮的话是对的。塞尔达的身体跟下雨前一样，还是**乌黑一片**。

"快点啦，"潘妮催促着，"我们要想早点抓住黑马克的话，得分头行动才行。"

一听说要分头行动，斯派克和米里根警觉

地睁大了眼睛。

"你是说……我们要单打独斗去搜寻这个坏蛋？"斯派克**怯生生**地问。

"动物园里还有那么多动物需要保护，我们要是不分头行动的话，根本就来不及赶到他们那儿去。"潘妮理直气壮地说。

"不行，不行。"斯派克把脑袋摇得像只拨浪鼓。

"那好吧，"潘妮不耐烦地说，"你们两个搭伙，我……"

"我可不答应！一闻到危险的味儿，这家伙立刻缩成一个刺球。"米里根气呼呼地说，"对某些动物来说这下可算天下太平了，可我怎么办？就活该倒霉吗？说什么我都要跟你一起走！"

"要是让我一个人行动的话，我哪儿也不去。"斯派克双手交叉在胸前，摆出大罢工的阵势。

潘妮无奈地**摇了摇头**，"好吧，我们一起走。"

潘妮、斯派克和米里根整个晚上都在动物园里游荡着，四处寻找黑马克的下落。有那么几回，潘妮隐隐约约闻到了一阵黑马克的油墨味，可是不管她多么努力地搜寻，也没能发现这个死敌的蛛丝马迹。他们在动物园里兜了一大圈，看到所有动物的颜色都没走样，可是潘妮还不

肯罢休,她非要大家继续兜圈子察看。这个提议招来斯派克和米里根的**连连哈欠**和激烈反对。

当潘妮提出要在动物园里兜第三圈的时候,斯派克终于忍不住嘀咕了一句:"真难伺候!"

"再说了,动物园马上要开门了!"米里根劝说道。

"不知道你们怎么样,"斯派克哭丧着脸说,"反正我的肚子都**饿扁了**。要不我们休息一下,我来给大家做一顿丰盛的早餐——纯正爱尔兰风味的早餐。"

潘妮张了张嘴,想提出反对意见。话到嘴边却又咽了回去,因为她的肚子也咕咕叫了起来。于是,她乖乖地跟在斯派克和米里根身后,回到了大树桩里的家。

在树洞里,她和米里根讨论着抓捕黑马克的计划,斯派克则在厨房里忙碌着做大餐:煎蛋、煎培根、制作黑布丁和白布丁、煎豆子和西红柿,品种丰富,香味四溢。

斯派克刚刚把盘子舔了个干净, 这时**响**

起 了一阵铃声。铃声跟拉尔夫学校的上课铃声一模一样，潘妮条件反射地跳起来，站得笔挺，一本正经的模样逗得斯派克和米里根哈哈大笑。

"你在干什么？"斯派克一边套上了烤箱手套，一边调侃着，"米里根听到《**士 兵 之 歌**》的时候也是这副德性！"

"不好意思，出丑了。"潘妮的脸"唰"的一下红了，"我以为是上课铃声呢。"

"不是，"斯派克打开了烤箱的门，一股新烤

黑面包的香味立刻弥漫在整个房间里，"是烤箱的定时器响了。放开肚皮吃起来吧！"

　　潘妮、米里根和斯派克又安安稳稳地坐下来，美美地享用了一顿丰盛的早餐。他们完全不知道，自打动物园迎来新一天的游客后，动物在吃早餐时遇到了**大麻烦**。

第八章

请给动物
投喂食物

　　"喂，鲍勃，"胆小鬼菲奥娜的声音突然出现在对讲机里，"食蚁兽放养区里又出现了情况。"

　　"**哎呀**！"鲍勃惊叫一声，"这已经是今天早上的第八起事故了！这些动物都吃了什么？"

　　鲍勃连忙跳上动物园电瓶车，飞一般朝食蚁兽放养区开去。

　　"里面有些胡萝卜。"胆小鬼菲奥娜用一根棍子拨弄着食蚁兽呕吐出来的一摊**黏黏糊糊**的东西，"我还发现了花生、棉花糖，这个肯定是一块热狗。"

"怪不得这可怜的宝贝生病了。"鲍勃慈爱地抚摸着病恹恹的食蚁兽的长鼻子，不禁心生疑问，"这些垃圾食品是怎么跑进动物的食槽里的？这种情况不光发生在食蚁兽身上，好像动物园里到处都是类似的事故。"

胆小鬼菲奥娜赶紧瞅了一眼食蚁兽的食槽。

"食槽里根本没有棉花糖，也没有热狗。放养区外面的红色警告牌上**明明白白**地写着……"胆小鬼菲奥娜突然停了下来。

"请不要给动物喂食。"鲍勃只顾着看食蚁兽，头也不抬地把菲奥娜没说完的话给补充完整了。

"不对。"胆小鬼菲奥娜突然说。

"怎么了？"鲍勃连忙问，"牌子不见了？没准儿这些放养区外面竖立的**警示牌**都丢了，所以动物才生病的……"

"牌子没有丢，"胆小鬼菲奥娜说，"可是上面写的却是'请给动物喂食'。"

"应该是'请不要给动物喂食'。"鲍勃立刻纠正了菲奥娜的话。"不对，"菲奥娜说，"有人

把警示牌上的'不要'两个字给涂黑了,所以上面只留下'请给动物喂食'的字样了。"

听到这话,鲍勃抚摸着食蚁兽的手停下了动作,他跳起来冲到警示牌前**看个究竟**。

"老天!你说得对!"鲍勃吃了一惊,"有人恶意破坏了警示牌,所以游客们误以为我们鼓励大家给动物投喂食物。原来是游客们投喂的食物导致动物生病的。快!我们最好把其他放养区的警示牌全都检查一下，千万不能再出现状况了！"

鲍勃和胆小鬼菲奥娜跳上动物园电瓶车，旋风一般在动物园里兜起了圈子。**果然**，凡是出现状况的动物，放养区前的警示牌全被破坏了。

"你来开车！"鲍勃大喊一声，跳下动物园电瓶车，跃过栅栏，冲进鳄鱼放养区内。他箭一般冲到鳄鱼麦克斯张开的大嘴前，在千钧一发的时刻，把一大块巧克力抢到了手中。

"鳄鱼要是呕吐起来，那种场面恐怕谁也看不下去。"鲍勃跑出鳄鱼放养区，把巧克力**掰成两半**，分了一半给胆小鬼菲奥娜，"我们得抓

紧时间把这些警示牌清洗干净。"

可是他们把所有洗洁剂都用了个遍，却怎么也洗不掉警示牌上的墨迹。

"我们只能在黑底上重写一遍了。"鲍勃从维护棚里拎出一桶红色油漆。

他们把车开出维修棚的时候，三个身穿西装的男人突然出现在他们面前。为了避让这三人，鲍勃猛地转了个弯，红色的油漆泼洒出去，洒了鲍勃和胆小鬼菲奥娜一身。

"你确实应该感到脸红！"站在前面的动物园董事长冲着挂了一脸红油漆的鲍勃**大喝一声**。

董事长脸颊肥圆,蓄着两撇长胡子,模样活像一头海象。

鲍勃和胆小鬼菲奥娜还没来得及张口道歉,董事长又咆哮起来:"这个地方糟透了!到处都是吐得一塌糊涂的动物。游客们公然给河马喂玉米,后来河马吐了,喷了他们一身……今天早上这一连串事故所产生的服装干洗账单都能叫我们破产!看来我们真的是走投无路了,只能趁早卖掉这个鬼地方!"

听到这番话,站在董事长旁边的胖乎乎的秃头男人高兴地搓了搓手。身为市长,他就等着从动物园的买卖中拿走一大笔税收。后面的男人在一旁幸灾乐祸地冷笑着,他一头黑发油光水滑,乍看上去好像是戴了一顶塑料头盔,样子很是滑稽。

鼻梁上架着一副黑框眼镜的秘书不知道从哪里冒了出来,她连忙给董事长递过去一张纸,那张纸的最上方印着几个刺眼的大字——"销售合同"。

"让我来。"市长麻利地从上衣口袋里抽出

一支钢笔，**殷勤地**递给了动物园董事长。

　　"住手！"声音响起的同时，一个身影箭一般地蹿过来，插在了市长和动物园董事长中间，一把夺走了钢笔。大家定睛一看，这个勇猛的女孩竟然是胆小鬼菲奥娜。

　　大家全都惊呆了，胆小鬼菲奥娜显然也被自己的反常举动给吓住了，她很快又恢复了平常的样子，浑身发着抖，说话支支吾吾："我……我……只是想说……那些……动物……可怎么办？"

　　"合同末尾白纸黑字说得很明白。"市长说着，从胆小鬼菲奥娜的手中夺过钢笔，又递到了动物园董事长

手里。

"我得把合同好好读一遍才能签字。"动物园董事长说着，握紧钢笔的手停在了合同上方，"我把眼镜落在办公室里了。你们在合同里是怎么讲的，到底要把动物运到哪里去？"

"主要是送到马戏团。"瘦高个的男人眼睛死死地盯着合同上方的钢笔，下意识地**舔了舔**嘴唇。

"什么？"鲍勃惊叫起来，"食蚁兽在马戏团活得下去吗？它在马戏团能干什么？走钢丝吗？"

"嗯，马戏团的表演领班们个个身怀绝技，他们想叫动物干什么，动物就能干什么！"瘦高个男人说，"只不过这些动物都需要一点……鼓励而已。"

"不对，完全不是这回事儿，"鲍勃**气愤地**说，"我不同意把动物送到马戏团。"

"要是这样的话，"瘦高个男人说，"有好几家研究机构都对收容这些动物表示了极大的兴趣。近些年，他们很难有机会找到外来物种进行试验。"

听到这些话，鲍勃惊恐地睁大了双眼，他的

身子颤抖得比胆小鬼菲奥娜还要厉害。

"这些办法行不通，必须拿出别的安置办法！"鲍勃平静又坚决地说。

一滴墨水慢悠悠滑到了钢笔尖上，**饱满欲滴**，似乎随时都会落在合同上。钢笔一点点靠近，那滴墨水眼看就要贴到合同上去了，瘦高个男人紧盯着墨水滴，眼珠子都快要瞪出来了。

"我办不到！"动物园董事长突然又把合同还给了市长秘书。

那滴墨水终于**无声无息**地坠落到地面上。市长的脸"唰"的一下红了，两股热气从两只耳洞里冒出来。

瘦高个男人的脸色陡然阴沉了下来。"过了这个村可就没这个店了，"他冷冷地说，"下一回我们给出的条件可就不会这么优厚了。"

"要想让我在合同上签字，"动物园董事长冷静地说，"得等到我们给所有的动物找到幸福的归宿才行。"

大家还没来得及再说些什么，动物园前门的售票员突然冲了过来，追在他身后的是一群

怒气冲冲的人。

"董事长先生，"售票员上气不接下气地嚷嚷着，"这些人想要退票……"

"我们掏钱来看纯白的大熊猫，可是这里根本就没有。你们的广告都是骗人的！"一名游客生气地说。

"也没有斑马。"另外一名游客抱怨着。

　　"要是我知道一头海象会喷我一身恶心人的东西，我宁可**在家待着**，门也不出。"另外一名游客咆哮着。

　　"这可是你最后的机会了。"瘦高个男人抓住这个天下大乱的机会，从秘书手里一把抢过合同，将其举在动物园董事长的眼前。

　　"恐怕您也看到了，"动物园董事长**不动声色**地说，"我有紧急情况要处理。"

　　扔下这句话，他带着鲍勃和胆小鬼菲奥娜转身就走。市长和瘦高个男人傻呆呆地看着他们远去的背影，脸上泛起了苦笑。

第九章

请 愿 书

"潘妮！潘妮！快醒醒！"

潘妮迷迷糊糊睁开一只眼，看到一个爱尔兰小精灵在一张似曾相识的脸的顶部跳舞，那张脸上还挂着几根长长的胡须。她使劲揉了揉眼睛，又摇了摇头。等她再次睁开眼睛时，她才意识到是米里根站在闹钟前面，闹钟的秒针上有一个爱尔兰小精灵模样的装饰物。

"是**展开行动**的时候了。"米里根严肃地说。

"是跟黑马克决一死战吗？他在这儿吗？"潘妮一激灵，立刻清醒了过来。她翻身下床，在树洞前打量了一番。

"比这个还要糟糕。"斯派克神色严峻。

"还糟糕？"潘妮惊叫道。

"昨天晚上我们就像**没头苍蝇**一般在动物园里到处绕圈子，在各个放养区里寻找黑马克的下落。谁知道，他却先我们一步下了狠手。"斯派克说。

"他在哪儿？"潘妮问。

"在放养区外面。"米里根说，"他把警示牌上的内容都篡改了。"

"什么样的警示牌？"

"'请不要给动物喂食'的警示牌。"斯派克垂头丧气地说，"今天早上游客们不断地把人类吃的食物投喂给动物。"

"那些动物又把吞进肚里的食物吐到了游客身上。"米里根说。

"你能想象企鹅把一块西红柿三明治吞进肚里是什么后果吗？"斯派克问。

"**啊，不会吧**！"潘妮立刻变得紧张起来。

"相信我，那场面可不大好看。"米里根说着，不由打了个哆嗦。

"谁吐了也不会好看。"斯派克说，"我们这会儿却还在这里傻乎乎地谈天说地，耽搁时间。我们还是赶紧到现场，能帮上忙就帮点忙吧！"

潘妮和米里根跟着斯派克走出树洞。他们走在动物园里，绕过人行道上一摊又一摊动物的呕吐物。曾经一路上充满生机的叽叽喳喳声、咆哮声和吼叫声被连绵不断的痛苦

的呻吟声、喘息声和喷溅声取代了。

"谁能想到这么小的姬鼩鼱（qú jīng）竟然如此有能耐，呕吐起来可以喷这么远！"米里根**啧啧赞叹**着，踮着脚绕过一大摊夹杂着甘草碎末、糖果和胡萝卜的呕吐物。

"又来一弹！"斯派克大喝一声，猛地把潘妮往前一推。一阵急雨般的混着小熊软糖、冰激凌和胡萝卜的呕吐物从一只河马的嘴巴里喷了出来，**不偏不倚**地落在潘妮一秒钟之前站过的地方。

"哇,真有分量呀！"潘妮惊叹道。

"说起分量,"米里根说,"黑马克这家伙有多大？三米高？六米高？"

"大概比我高这么多。"潘妮一边说,一边比画着,把手高高举过头顶。

"他是怎么办到的？"米里根陷入了沉思。

"他就是把帽子一摘,然后……"潘妮**边说边比画**。

"我问的不是这个,我的意思是……他是怎么完成这个浩大工程的？要知道呕吐的动物超过了一百只,所以一定有一百多块警示牌被涂黑了。在篡改警示牌之前,他还突袭了不黑和塞尔达。要完成这样的工作量,他肚子里的那点油墨哪里够用呀。"米里根**推测着**。

"除非……"潘妮突然眼睛一亮,"我明白了！"

"明白什么？"斯派克和米里根齐声发问。

"油墨罐呀！它就堆在大熊猫放养区附近。油墨用光了他就会跑到那里再续上！"潘妮兴奋地说。

"怪不得不黑是第一个受害者。"斯派克说

着，摇了摇脑袋。

"你是说黑马克永远也不用发愁油墨会被用光，因为他的油墨取之不尽用之不竭，**对不对**？"米里根问。

潘妮点点头。

"这下完了，我们怎么也斗不过他了。"斯派克垂头丧气地说。

"喂，别说这种没骨气的话，"米里根瞟了他一眼，"可不能因为敌人比我们强大，我们就变成缩头乌龟了。"

"嘘！"潘妮低声说，"听。"

斯派克和米里根立刻屏住呼吸，静立了好一阵子。

"我啥也没听见呀。"米里根说。

"我也是，"潘妮说，"呕吐声停下来了。"

果然，刚才连绵不绝的呻吟声、喘息声和喷溅声全都停下来了。

"那是什么？"米里根突然侧着脑袋，**竖起了耳朵**。

"什么是什么？"潘妮不解地问。

"你听不见吗?从那边传过来的。"斯派克指着前面一条弯弯曲曲的小路。

"我还是什么也听……"潘妮说。

"听起来好像是雨点声。"斯派克说话间,那奇怪的声音又大了不少。

"好像是一条河在泄洪呢。"米里根连忙跑过去,想探寻一番声音的源头。这时候,声音已经变得**震耳欲聋**了。

米里根的尾巴在拐角处刚刚消失，他的胡须马上又露了出来，他 **神色慌张** 地掉头就朝伙伴们身边跑，速度真叫一个快！

　　"呕吐物大崩塌！快跑！"米里根嚷嚷着，只管往前冲，把斯派克和潘妮远远甩在了身后。

　　斯派克连忙卷成一个球，跟在米里根身后滚了过去。

　　潘妮惊恐地看着一个高压水龙头把人行道上已经干了的动物呕吐物给冲到角落里去。

　　"停一下！"一个声音高喊着。潘妮感到一只颤抖的手把她从地上捡起来，原来是胆小鬼菲奥娜。

　　"我们可不能把这个也冲到回收再利用排水管里去！"

　　胆小鬼菲奥娜捡起潘妮给鲍勃看。

“就差一点儿。”鲍勃仔细瞧了瞧潘妮，又黯然地说，“动物园快要关门了，我们的有机肥回收再利用工厂也没存在的必要了。”

这时，鲍勃和胆小鬼菲奥娜的对讲机同时发出了声音。

“你们两个把道路清洗干净以后，”动物园董事长的声音从对讲机里传出来，“到我办公室里来一下。”

“好的，先生。”鲍勃应了一句，把潘妮插进上衣口袋里，打开水龙头又卖力地忙活起来。

鲍勃、胆小鬼菲奥娜和潘妮来到动物园董事长的办公室时，他们发现董事长愁眉苦脸地坐在办公室电脑桌旁。

“我们该怎么收拾这个烂摊子？”董事长无可奈何地问。

“先生，我们清运走了所有放养区里的污物，又用高压水龙头清洗了人行道……”鲍勃说道。

“我说的不是那个烂摊子，我说的是这个烂摊子！动物园马上要关门了！我们怎么才能救救这些动物？"

"我有办法。"胆小鬼菲奥娜突然说了一句有胆量的话。

鲍勃和动物园董事长齐刷刷地把目光投到了菲奥娜身上。

"我在人行道上捡垃圾的时候，"菲奥娜红着脸说，"忽然想，我们可以向市长请愿呀。"

"向他请愿？"动物园董事长吃了一惊。

"就是从喜欢动物园的游客们那里**收集签名**。"胆小鬼菲奥娜说。

"这能管什么用？"动物园董事长问。

"等市长发现了动物园有多受欢迎的时候，他自然就明白了，要是他把动物园关掉的话，他会变得多么不受欢迎。"胆小鬼菲奥娜**理直气壮**地说。

"高！实在是高！"鲍勃竖起了拇指。

"但是……还有一个问题。"动物园董事长发愁了，"今天早晨出了这场乱子，我们还能上哪儿找到喜欢动物园的游客来给请愿书签字呀？"

"这个容易，"菲奥娜说，"我们去找找昨天

参观动物园的小游客们。孩子们最有本事让大人们掏钱买抽奖券,赞助他们参加 **阅读比赛** 之类的活动。请昨天来参观的范巴小学的小朋友来收集签名再容易不过了！而且一分钱也不用花！"

"我还是不信你的话,"动物园董事长迟疑地说,"请愿不过是拿到一张纸,这到底能管什么用?"

"哼!"潘妮生气地从鲍勃的上衣口袋里探

出脑袋来，不过那三个人根本听不见潘妮不屑的嗤鼻声。

"当然能管用！"胆小鬼菲奥娜说，"说白了，这就是市长最关心的事呀！"

"这话不对，"动物园董事长说，"他只关心民众支持率和他银行账户里的钱。"

"完全正确。"菲奥娜的胆子越来越大了，说起话来也越来越流利了，"支持率只是纸上的字，银行账户里的钱也只是纸上的数字。要是我们能让纸上的签名数量多起来，由不得他不在乎。"菲奥娜说完，双臂在胸前一交叉，自信地点了点头。

动物园董事长的脸上慢慢浮现出**一个微笑**。

"菲奥娜，你说得太对了。"他开心地说，"要是你能把这件事情给摆平，我会提拔你当动物园园长。"

"哼！"鲍勃在一旁表达了不满。

"我们可以有两位动物园园长嘛。"动物园董事长连忙安抚了鲍勃，"好了，你们还等什么？我们要是在这里耗上一整天，一个签名也收集不来呀。"

鲍勃和菲奥娜急忙冲出动物园董事长的办公室，两个**毛躁**的人在门廊里又撞到了一起。这一撞，一下子把潘妮从鲍勃的上衣口袋里撞飞了出去。

"不要呀！"潘妮紧闭上双眼，想象着自己摔到水泥地上，一定会**粉身碎骨**。她绝望地想：看来这个悲惨的命运注定要降临到自己头上了。

蹊跷的是，潘妮没有摔在坚硬的水泥地面上，更没有摔个粉身碎骨。她脚先落地，似乎落在了一个又温暖又柔软的东西上面。

"嗷！也不好好瞧一瞧，你那锋利的笔尖往哪儿扎！"一个熟悉的声音在耳边响起。

潘妮连忙睁开眼睛，她发现自己正站立在尖刺的海洋里。

"斯派克，是你吗？"潘妮**惊喜地**问。

"能不能拜托你先把笔尖从我的皮肉里拔出来？你的笔尖可真够扎的！"斯派克哼哼着。

"现在你可算体会到被扎一下是什么滋味了。"米里根没好气地说。潘妮小心翼翼地从斯派克的背上跳了下来。

"你们俩来这里干吗？"潘妮问。

"还用问，当然是来救你呀。"米里根白了潘妮一眼。

"省省吧你。"斯派克**揉了揉**背上被扎出来的一个小洞。

"你搜集到了什么情报？"米里根问。

"嗯，他们要写一份请愿书，反对关闭动物园。"潘妮说。

"请愿书是什么东西？"斯派克问。

潘妮连忙解释了一下。

"要是这东西管用的话，我们也能请动物来签名，集体请愿开办爱尔兰本土动物展！"米里根热情高涨，"我们赶紧召开一个全体大会，把这个好消息发布一下。"

晚上六点钟，动物园刚关门，斯派克和米里

根就迫不及待地把动物园里所有的动物都召集起来,召开了全体动物会议。动物们谁也没有听说过请愿书这回事儿,潘妮只好耐着性子又给他们讲解了一番,另外还介绍了请愿书的使用秘诀。大部分动物对于请愿这回事儿都持怀疑态度。让潘妮感到意外的是,大熊猫对此却充满了信心。

"我们得怎么签名,竹子、竹子?"不黑的妈妈问。

听到这样的问话,一个明媚的微笑在潘妮的脸上绽放开来。

"太好了!"潘妮**乐滋滋**地欢呼起来。

第十章

波尔特的
本色

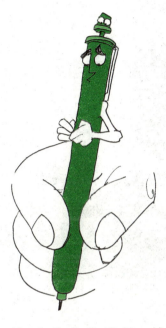

对麦克来说，帮拉尔夫写数学作业可是桩苦差事，正当他抓耳挠腮之际，有人敲响了教室门。索德太太看了一眼教室里的钟表，**立刻会意**地笑了。

"同学们，放下铅笔。我们有客人来访。"

孩子们齐刷刷地放下手中的铅笔，伸长了脖子，目视着索德太太走到教室门口。

"哇呀！是动物园的鲍勃！"索德太太一打开门，拉尔夫便惊叫起来。

"孩子们，你们好！"鲍勃热情地给大家打招呼，"你们昨天在动物园玩得开心吗？"

"开心！"孩子们**齐声高喊**。

"你们还想再去动物园里看动物吗？"鲍勃又问。

"想！"孩子们的声音更加响亮了。

　　"那么我要告诉你们，动物需要你们的帮助。"鲍勃的神色突然变得严肃起来。

　　"为什么？"马科姆问。

　　"因为市长要把动物园卖给一个人，这个人打算在动物园的原址上建一座记号笔工厂。"

　　"不行！我们不答应！"孩子们愤怒地高喊起来——只有拉尔夫和莎拉默不作声，他们两个会意地冲对方**点点头**。

　　"这些动物怎么办？"希亚拉问。

　　"这个我不是很清楚……"鲍勃说。

"我要收养大象！"肖恩热情地说。

"我要收养海豹。"露西抢着说。

"要是事情能这么容易解决就好了。"鲍勃苦笑着说，"要是你们真的能收养动物园里的动物，我相信你们会把它们照顾得很好。"

全班同学热情地点点头，波尔特的**热情出奇**地高。

"可是你们得有特殊的执照，还要接受特殊的训练才能收养珍禽异兽，所以一般只有动物园才有资格收留这些动物。"鲍勃跟孩子们解释着，"为了把动物继续留在动物园里，我需要你们的帮助。我们要给市长递交一份请愿书，让他明白有很多人都反对关闭动物园。我们需要收集大家的签名，支持保留动物园。有谁志愿帮我们收集签名，一起拯救动物呀？"

三十只手齐刷刷**高高举起**。

"太好了！"鲍勃立刻开始给孩子们分发请愿书，请愿书上留有好大的空白，可以签很多名字。

"我要领两张。"鲍勃走到莎拉的课桌旁时，莎拉**坚定地**说。

"我领十张。"波尔特说。

"波尔特,这是很严肃的事情。"莎拉叮咛道,"动物需要我们的帮助。"

"所以我才要努力收集更多的签名。"波尔特郑重地说。

"装得就像你真的能办到似的。"莎拉悄悄嘀咕了一句。她还是对波尔特先她一步找到章鱼、海豹、羚羊、火烈鸟、犀牛、羊驼、大象而感到耿耿于怀,而且波尔特竟然先拼出了那句神秘的话——"happy zoo!开心动物园!"

"没准儿他是认真的,"拉尔夫说,"他确实知道章鱼和黑斑羚有什么不同。"

"我说的是獾加狓和黑斑羚的不同好不好，拉尔夫。"波尔特用惯常的口气挖苦道，"不过谢谢你为我说好话。"说到这里，他的语气突然变得温柔了不少。

下课铃声响了，莎拉竟然没有觉得失落，相反，她高兴极了。原来，莎拉巴不得早点冲到大街上为动物收集签名。

"我领了两张签名纸，波尔特却领了十张，不过这也没什么，"莎拉自我安慰着，"反正我要收集到最多的签名，要是可能的话，请愿书背面我也让人都给签满。"

"在社区里溜达之前要先得到父母的准许。"索德太太对匆忙冲出教室的孩子们叮咛道。

拉尔夫的妈妈一听说拉尔夫要上街收集签名，帮助拯救动物，她**满口答应**了。莎拉的奶奶也觉得这是件很有意义的好事，不过她要求莎拉跟拉尔夫一起收集签名，还要莎拉保证在天黑之前回家。

"快走啦!"莎拉着急地说,"我们只有几个小时的时间。你从街道那边来,我从街道这边来。"

拉尔夫和莎拉挨家挨户地敲门,按门铃,收集签名。应门的人无一例外都爽快地在请愿书上签了名。没一会儿,就连莎拉的第二张纸也要被签满了。

"只要再走一条街道就能完工了!"莎拉开

心地说。他们两个边说边拐到了黑达克街。

"我们要不要到下一条街道上去？"拉尔夫胆怯地问，他不大喜欢黑达克街上的那些怪模怪样的房子。

"你不会是害怕了吧？"莎拉白了他一眼。拉尔夫望着黑达克街，努力克制着内心的胆怯，默默祈愿着莎拉的竞争冲动不会影响她的安全意识。黑达克街**阴森可怕**，在拉尔夫看来，他们大可以跳过黑达克街，到别的街道上收集签名。

"快走吧，"莎拉催促着，"学校里没有一个人会到这里来的。"

"学校里没有一个人跟你一样自寻死路。"拉尔夫嘟囔着，老大不情愿地跟着莎拉走到了第一家门口。

他们在长满杂草的行车道上艰难地跋涉，好不容易才走到了路尽头的门廊上。莎拉按响了门铃，屋子深处幽幽地响起了冰冷的"**叮咚**"声。拉尔夫似乎看见楼上布满灰尘的窗帘晃动了一下，可是没有人来开门。

"我们还是走吧。"拉尔夫心里暗暗觉得有

些不妙。

"你也太容易就放弃了吧。"莎拉说着，又按了一下门铃，一只脚不耐烦地在地上踏起了拍子。

"没人来呀。"拉尔夫说，"我们还是快点离开这儿吧。"

莎拉跟着拉尔夫又回到了黑达克街上。他们来到下一户人家门口，同样又吃了一次闭门羹，这样的情形**接二连三**地出现。在黑达克街上，他们似乎没有碰到好运气。

"瞧瞧吧，这条街上没人在家。我们赶紧离开这里好不好？"拉尔夫恳求道。

"我们试试这家吧。"莎拉固执地说。

眼前这座房子跟其余那些闭门不开的房子大不一样：草坪被修剪得**整整齐齐**，一片片草叶齐刷刷地立着，好像精神抖擞的卫兵排着整齐的队伍。房子外面被刷成了黑色，油漆涂得很平滑，房子整个外墙看起来亮闪闪的，好像油漆还没有晾干。

"对这户人家，我有一种不好的预感。"拉尔夫笃定地说。

"有什么问题？"莎拉说着，大步走到门前，使劲按响了门铃。她打量了一下房子，又扭头对拉尔夫说，"这可是整条街道上 **最体面** 的房子。"

莎拉再回过头时，不由吃了一惊。前门忽地开了，一位高个子男人站在门口，他穿着一套笔挺的深色西服，一头油光水滑的黑发看起来好

像一顶塑料头盔。一股淡淡的油墨味道从房子里飘出来。

"噢，你好，"莎拉顿了顿说,"我们代表奇诺克动物园的动物前来……"

听到这句话,高个子男人的鼻孔一下子张得很大。拉尔夫不由暗暗担心,好像这个男人深吸一口气,就会把莎拉吸进他鼻孔里去。

"我不知道您是否清楚,市长计划把动物园卖掉,把它变成一家记号笔工厂……"莎拉根本没有注意到男人脸色的变化,**自顾自地**说了下去。

男人一下子眯起双眼,拉尔夫又觉得他随时会变身为一条蛇,而且是那种怒气冲冲的毒蛇。

"不过我们正要向市长请愿,请他中止这场买卖。"莎拉终于一口气讲明了来由,自豪地把请愿书举过头顶。

"是这样呀?"男人的声音听起来阴森古怪。

"是的,我们打算……"莎拉突然发现那个男人的脸上没有一丝微笑。

"你收集了多少签名?"男人继续问。

"57个。"莎拉自豪地说，"您愿意成为第58个签名的人吗？"

"我当然不愿意……"男人阴沉着脸，好像要大发雷霆。在即将爆发的**一瞬间**，他似乎改变了主意，勉强挤出一丝笑容，低声地说："不愿意……叫你失望。"说着，他伸出手要拿那张请愿书。

"不要！"

一个身影突然在拉尔夫面前一闪，插在了莎拉和男人中间，一把抢走了请愿书。拉尔夫定睛一看，不由大吃一惊。这个抢走请愿书的男生，他再熟悉不过了！

"波尔特！你在搞什么名堂？"莎拉气愤地嚷嚷着，伸手想把请愿书**夺回来**。

"我要拯救动物！"波尔特把请愿书藏在背后，不住地往后退着，想远离那个男人。

"把请愿书还给我！他正要签名呢！"莎拉大叫着。

"他正想把请愿书撕个粉碎！"波尔特说，"难道你不知道他是谁吗？"

莎拉和拉尔夫看看波尔特，又回头看看那个男人。

　　"他是罗伊·哥特斯，"波尔特说，"他就是计划在动物园建造记号笔工厂的人。"

　　拉尔夫和莎拉都**惊呆了**。

　　哥特斯先生瞪着波尔特，眼睛眯得更紧了。恍惚间拉尔夫觉得哥特斯先生好像长出了毒牙，正要向他们喷毒液。拉尔夫一手抓住莎拉，一手扯上波尔特，没命地朝黑达克街道的出口跑去。

　　大家一口气跑到街道尽头的拐角处，拉尔夫这才停下了狂奔的脚步。孩子们一头倒在人行道上，大口大口地喘着粗气。

　　"波尔特，"莎拉**气喘吁吁**地问，"你怎么会认识罗伊·哥特斯的？你怎么会知道他住哪儿？"

　　波尔特清了清嗓子。

　　"我在网上搜索了他的资料。"他慢悠悠地说。

　　"为什么要这么干？"拉尔夫问。

　　波尔特似乎有些难为情。

　　"我不想让动物没了家。我想为它们做点什

156

么。"波尔特说。

"我真没想到你会这么喜欢动物。"莎拉感到很是意外。

"哈，老实说，我觉得动物比人类更好相处。"波尔特不好意思地说，"谢谢你刚才把我们从魔窟里救出来。要是他抓住了我们，真不敢想象他会做出什么疯狂的事情来。没准儿他会把我们送进某个试验机构吧。"

"也谢谢你**及时**赶过来。"拉尔夫调皮地说，"不然的话，我们的请愿书估计要被他给毁

掉了。"

三个孩子你看看我，我看看你，突然都有些不好意思了。他们以前总是对着干，如今大家站在同一条战线上，反而有些**无所适从**了。

"我猜明天早上你们俩谁也不愿意逃课吧？我想明天一早把这些请愿书送到动物园里去。"波尔特说。

拉尔夫看看莎拉，莎拉皱着眉毛瞪着波尔特。

"这一回你可大错特错了，波尔特。"莎拉坚定地说："我们很乐意跟你一起去。"

第十一章

摊　牌

　　"嗷！真有这个必要吗？"斯派克尖声叫着，潘妮和米里根正分别从斯派克的身上拽下一根尖刺。

　　"我们需要尖锐的东西把竹竿劈开，然后再把削尖的竹竿做成记号笔。"潘妮说着，又**毫不手软**地从斯派克身上拔下一根刺来。

　　"干吗不请大熊猫把竹竿咬成你想要的形状？嗷——"斯派克叫苦连天，又哭丧着脸揉了揉刚被拔掉利刺的部位。

　　"我们又不是没试过，你忘了？"潘妮说，

"他们只顾着吃，哪里管竹竿被吃成什么样呀。"

"我们要做多少支记号笔?"米里根一边问，一边低头看了看角落里的竹竿。

"一支就够了。不过多做一两支备用也好。"潘妮一边应着，一边用尖刺把竹竿劈得**又尖又细**。

"我不明白我们费这么大劲，到底在搞什么名堂。"斯派克嘟囔着。一不小心，他把用来劈开竹竿的刺又扎进了自己的皮肉里，他龇牙咧嘴地叫唤着:"嘿! 我的刺可真够扎的! "

"看来你身上的刺可以直接当笔尖用了。"米里根调侃道。

斯派克和米里根扑哧笑出了声。

"你们两个，给我严肃点! "潘妮**大声斥责**道，"我们得赶紧把活干完。"

斯派克和米里根那副模样，就好像被老师训斥了一顿的淘气学生，立刻变乖了。三个伙伴又埋头削起了笔尖。

"很好! "等大伙完工后，潘妮**满意地**点点头，"现在我们得把芯子装进去。"

　　"芯子？我们要做蜡烛吗？"斯派克不解地
问，"原以为我们在做……"

　　"有芯子的可不光是蜡烛呀。"潘妮说着，在
房间里搜寻着能做成笔芯的材料，"我需要那种
吸收力很好的材料……"

　　斯派克和米里根也伸长了脖子，想看看潘
妮到底看上了什么。等看清楚了潘妮的意图以
后，他们两个疯狂地摇晃着脑袋，**争先恐后**
地冲到潘妮面前，用身子死死地护住了铺在床
上的床单。

"这个不行。"米里根说着,挡住了潘妮的去路。

"毁掉国旗可是犯罪,而且是最严重的叛国罪。"斯派克说着,又赶紧后退了一步。

"不爱国,罪加一等。"米里根胡乱加了一句,也慢慢往后退。

"这跟我们的事业方向**完全相反**!"斯派克说着,又往后退了一步。

"可是,要是动物园变成记号笔工厂的话,这不光违背了爱尔兰本土动物的心愿,也违背了动物园里所有动物的心愿。"潘妮伶牙俐齿,一番说辞咄咄逼人。她毫不客气地朝斯派克和米里根面前跨了一大步。

斯派克和米里根方寸大乱,像溃败的逃兵一般狼狈地退后了一大步,双双倒在了床上。

"把它给我!"潘妮命令道。

斯派克和米里根怯懦地把脑袋微微摇动了两下。

"快给我!"潘妮又下了一道命令。

斯派克和米里根你看看我,我看看你,都哭

丧着脸。

"你先！"米里根怂恿道。

"那不可能，"斯派克固执地说，"你先！"

"不，那不行。"米里根说，"就得你先！"

"你们俩干吗不一起来？"潘妮说着，抓起床单一角，猛地一抖，把他们两个一起从床单上抖了下去，整个动作就像魔术师抖桌布一样利索。斯派克和米里根眼**含着热泪**，嘴里哼唱着爱尔兰国歌，眼睁睁着潘妮把床单撕成了细细的布条，又把这些布条统统塞进了削好的竹竿里。

"你俩做出了非常**崇高**的牺牲。"潘妮装

好笔芯后,郑重地对两个朋友说,"好了,收起你们的眼泪,别哭哭啼啼的了,跟我来吧。"

潘妮给斯派克和米里根各发了一根装好笔芯的竹竿,带领他们朝大熊猫放养区外的油墨罐走去。

"听着,我们得加倍小心,"潘妮边走边回头嘱咐着,"黑马克有可能躲在任何地方……"

"**这话不假**!"潘妮的背后突然响起了熟悉的、阴森的声音。

潘妮感到一股凉意沿着脊梁骨慢慢爬上来。眨眼间,斯派克缩成了一个小刺球,米里根**僵在原地**,开始发抖,抖得比胆小鬼菲奥娜还要厉害。

潘妮拿不准黑马克这一回又变成什么样子,她按捺着内心的胆怯,慢慢转过身子。黑马克果然变得更加丑陋了。他的身体不再笔直,而是扭曲着,塑料外壳上布满了伤疤和浅灰色的斑点;扭曲的脸上,只有狰狞的笑容一点没变。

"我们又见面了,铅笔潘妮。"黑马克阴森森地说。

"可不是嘛，黑底子灰斑点马克。"潘妮拿出最大的勇气来面对黑马克。

"哈哈哈！"黑马克**仰头大笑**，笑声令人毛骨悚然。

"你总是那么自作聪明。这一回又要在新朋友绒球球和黄鼠狼面前卖弄你的小聪明，对不对？"

"嘿！"米里根的**自尊心**压过了他内心的恐

惧，他正色大叫着，"我不是黄……"

"我准许你说话了吗？"没等米里根说完，黑马克便粗暴地冲他咆哮起来。

"没……没，先生。"米里根吓得支支吾吾。

"还算懂点事。"黑马克冷冷地瞪了米里根一眼，又回头跟潘妮交锋,"铅笔潘妮小姐,你们在动物园里瞎转悠着要做什么?"

"这个问题我正要问你呢!"潘妮说,"不过我已经知道答案了。"

"是吗?"黑马克**饶有兴味**地看着潘妮。

"是的。你用那边的油墨罐又给自己续上了油墨。"

"是吗?"黑马克漫不经心地应着,嘴角荡漾出一丝不易被人察觉的诡笑。突然,他快得如同**一道闪电**,从潘妮的手中抢走了竹竿。

"看样子你是到大熊猫的放养区里当小偷去了。"说着,他仔细地审视了一番竹竿,"这不是普通的竹竿。要是我没猜错的话,你应该在制作记号笔。"

潘妮不安地蹭着脚。

"这真是天大的讽刺,我们在这里聚首,竟然是为了同一个目的。"黑马克仰头大笑。

"我可不这么想。"潘妮说,"我们制作记号笔是为了保护动物园,我们不能坐以待毙,眼睁睁看着动物园被关掉,这里变成一个邪恶

帝国。"

"哦,潘妮……"米里根张口说。

"待会儿再说!"潘妮打断了米里根。

"制作记号笔?"黑马克**猖狂地**笑着,"我从来没有想到会有今天……"

"潘……妮……"斯派克又试探着叫起来。

"我说了现在不行!"潘妮不耐烦地打断了斯派克。

"我跟你说,"黑马克猖狂地说,"你加入我的大部队如何?"

"不了,谢谢。"潘妮**不卑不亢**地说,"我有自己的团队。"

"我也有。"黑马克说着,两眼一眯缝,神色一变,大喝一声,"来人!"

这时,潘妮才注意到有上百支黑色记号笔从各个方向向他们包围过来。

"他们都是从哪儿冒出来的?"冲着斯派克和米里根,潘妮从嘴角低声挤出这句话。

"他们一直都在这儿呀!"斯派克着急地尖叫着。

"你们怎么不早点告诉我?"

虽然此时情况紧急,但是听到潘妮的质问,斯派克和米里根都很有情绪地**翻了翻白眼**。

"这下可算让你开眼了吧,"黑马克得意地说,"我可等不及动物园关门才组建我的邪恶帝国呀。"

那些记号笔纷纷扯下头上的笔帽,把笔帽扔到油墨罐旁边。转眼间笔帽堆成了一座小山。他们光着脑袋继续朝潘妮和她的伙伴们包抄过来。潘妮和米里根紧紧靠在一起,又小心翼翼地靠近斯派克,可是他们不敢贴得太紧,害怕斯派克的刺会扎到他们。

"多么美妙的画面呀!"黑马克狞笑着,"被刺猬活活给扎死。"

"吼!"

　　伴随着震耳欲聋的低吼声，一阵橙黑相间
的旋风从空中落下，四只爪子稳稳落地，把潘
妮、斯派克和米里根给护住了。橙黑相间的尾巴
左摇右摆，把铺天盖地包围过来的黑色记号笔
扫了个**东倒西歪**。记号笔一个个被打得不省
人事，昏倒在地。才几秒钟的工夫，幸存者只剩
一支记号笔了。

　　"怎么了，黑马克？"那条橙黑相间尾巴的主
人冷笑道，"我这只大猫有那么吓人吗？你竟然

不敢动手了！"

黑马克眯缝着双眼，一下子拔掉扣在脑袋上的笔帽，随手一丢，把笔帽扔到了旁边的一堆笔帽山上。他把头微微一低，拼命地猛冲过去。

四只橙黑相间的爪子猛然一跳，朝黑马克扑了过去。就在这一刻，潘妮才反应过来，这从天而降的救星原来是一只大老虎。

"他就是……"黑马克和大老虎朝对方猛冲

的时候,潘妮指着老虎惊叫起来。

"是的,他就是荷贝。"斯派克原本蜷作一团的身体如今也**舒展开来**,他默不作声地蹲在潘妮身旁观战。

"可是他不是……?"潘妮刚一张口,荷贝和黑马克便重重地撞到了一起。

黑马克在荷贝的身体左侧画了一条又粗又黑的长线,那条黑线从荷贝的肩膀一直延伸到后腿上。旗开得胜,黑马克得意地看着自己的杰作,他根本没有留神荷贝的大尾巴朝他重重地扫过来。

荷贝的尾巴击中了黑马克的双眼。黑马克被撞飞到一只罐子上。他的身子在罐子上重重地**磕了一下**,罐子被戳穿了一个洞。黑马克晕晕乎乎地从罐子上掉了下来,里面的液体从油墨罐子的小洞里汩(gǔ)汩地流了出来,洒了他一身。

"他跌进水里去了!"斯派克和米里根齐声惊呼。

黑马克冷笑一声,"这不是水,是油墨。洒

174

在我身上的每一滴油墨都能让我多增添一分威力。"

"是吗?"潘妮**冷冷地**反问。

黑马克闭上双眼,向后一仰身子。他张开嘴,把液体大口大口地咽进肚子里。吞了两股液体之后,黑马克猛地坐起身子,又是咳嗽又是乱吐一气。

"这……这不是油墨!"他**恼羞成怒**地用嘶哑的声音说。

这时,黑马克才想起来抬头看看大罐子上的标签,上面写着:溶剂。

"溶剂!"黑马克的叫声越来越虚弱无力

了，"这对记号笔来说是致命的毒药呀！**快救救我……**"

在大家的注视下，黑马克渐渐消失在一汪溶剂中。潘妮、斯派克、米里根和荷贝小心翼翼地凑上来，瞧了个仔细。在微微泛起涟漪的液体里，他们看到的只有自己和伙伴们的倒影。

"他下辈子不知道会是什么面目呢！"荷贝大声地说。

"你是说……他这一回还没有被彻底结果掉吗？"潘妮激动地问。她惊恐地看着那汪液体，好像黑马克随时都会从深处冒出来一般。

"他还会卷土重来吗？"

"当然。"荷贝说，"我想他下辈子一定是在食物链的最底端，比如变成一只屎壳郎什么的。"

潘妮一想到黑马克长出一对小翅膀和六条小细腿，傻呆呆地站在一堆粪球上的**滑稽模样**，便忍不住咯咯笑了起来。

"嘿，"米里根惊讶地说，"荷贝呀，我原本以为你是一位和平主义者呢。"

　　"我是呀。"荷贝平静地说。

　　"你跟黑马克这一场浴血奋战又怎么解释？"斯派克问。

　　"全凭友爱的力量呀！"荷贝的话简单却含深意。

　　说完这番话，荷贝头也不回地走掉了，身后那条标志性的大尾巴还在**一摇一摆**，悠闲又有风度。荷贝走回放养区后,蹲坐在地上,两条后腿交叉在一起,两只前爪放在后腿上,他一遍又一遍地轻声吟唱着。几分钟之后,他的身子慢慢飘离了地面,就像一片树叶从放养区的栅栏上飘了出去,轻飘飘地落在了一棵树下。

"他果然是一只很酷的大猫呀。"斯派克打心眼里佩服上了荷贝。

第十二章
动物请愿书

"好了，"潘妮长长地吐了一口气，"黑马克终于被搞定了，我想我也得……"

"你想都别想！"不等潘妮把话说完，米里根抢着说，"还要我提醒吗？我们的一项**重大工程**正在进行中！我们还得赶制更多记号笔，还要收集很多签名。刚才出了这个小状况，把我们珍贵的时间折腾得差不多了。快，快，快！"

斯派克在一只油墨罐底部钻了一个小孔，潘妮把一支用竹子做的记号笔对准小孔，往里面灌满了油墨。不过她没有把三支笔都灌满，她扛着最后一支笔走到那汪溶剂边。

"你要干吗？"米里根疑惑地问。

"等会你就明白了。"潘妮神秘地一笑，故意卖了个关子。

他们三个每人扛了一支记号笔，偷偷摸摸地来到斑马放养区。

"塞尔达！"斯派克高声叫着。

一阵"嘚嗒、嘚嗒"的马蹄声回应了他的呼唤，伴随而来的还有一阵奇怪的"**嘎吱嘎吱**"声。

"乖乖！"米里根惊呼一声，"你们快来看

看，这可是天大的尺寸！"

只见塞尔达拖着一大卷纸跑了过来。

"我找到了最大的一卷纸。我们斑马虽然处在食物链底端，可是我们的奇思妙想却不少哟。"塞尔达得意地说。

"**太棒了**，塞尔达。"潘妮惊喜地说，"这下子就连大象的签名也能放上去了。"

他们四个在动物园里兜了一大圈，从一个放养区溜达到另一个放养区，邀请所有的动物在请愿书上签名。最后，他们又回到了大熊猫放养区。潘妮坚持请大熊猫最后一个签名。

不黑的妈妈接过签字笔，一口咬进了嘴里，她一边吃一边嘟囔着："这里到底塞了什么怪东西，竹子、竹子？"米里根没好气地批评了她，不禁又佩服潘妮的先见之明："算我们走运，多做了一支备用笔！"紧接着，米里根盯紧了余下要签名的大熊猫，以免哪只贪嘴的大熊猫把最后

一支记号笔也给吞进肚里去。

"不黑,你是幸运的压轴。"潘妮一边说,一边注视着这只最小的大熊猫把自己的名字**一笔一画**写在了请愿书上。

"你这么说,就是准我吃掉这支记号笔了,竹子、竹子?"不黑傻头傻脑地问。

"想吃就吃吧!"潘妮爽快地说。

"另外那支呢,竹子、竹子?"不黑嘴里塞满了竹子,却又贪心地惦记上了那支装着溶剂的记号笔。

"哈，"潘妮调皮地眨了眨眼睛，"塞尔达，你站到不黑身边去，闭上眼睛。不黑，你也一样。注意，接下来你们可能会觉得身上有点痒痒……"

潘妮用这支装满了溶剂的记号笔在不黑和塞尔达身上一阵猛涂乱画。**渐渐地**，黑墨色开始消失了。等到潘妮把他们两个身上画了个遍，不黑和塞尔达已经不再是普通的大熊猫和普通的黑马了，他们又恢复了本来的模样。一只

珍稀的纯白大熊猫和一匹黑白条纹相间的斑马出现在了大伙面前。

"吧！太棒了！"塞尔达兴高采烈地**欢呼着**，"我又是我自己了。现在我又可以轻松躲开狮子的追踪了。"

不黑的反应却跟塞尔达完全不同，她似乎一点也高兴不起来。

"你怎么了,不黑？"潘妮关切地问。

"我喜欢跟别的大熊猫一样,竹子、竹子。"不黑失落地说,"现在好了,人们又会跑过来冲着我指指点点,看个没完,讲个不停,竹子、竹子。"

"可这是好事呀,"潘妮温柔地开导不黑,"动物园的游客都是为你来的。你是这里的明星呀！"

"是吗,竹子、竹子？"不黑的脸一下子被喜悦的神情点亮了。

"千真万确。"潘妮微笑着说。

"**时不我待呀**！"米里根提醒道,"我要提醒诸位一句,太阳升起来了,我们得赶在动物园开门之前把请愿书送到董事长办公室。"

潘妮、斯派克和米里根连忙抱起请愿书,跳上马车。他们跟大熊猫挥手道别,塞尔达拉着马车朝董事长办公室狂奔。在办公室门口,他们卸下请愿书,塞尔达赶回了放养区。潘妮、斯派克和米里根躲在一只花盆后面,想看看董事长读到请愿书时会有什么反应。

动物园开门前一分钟,动物园董事长到达办公室。他嘴里喃喃着准备开门,一不留神,差点被躺在入门垫上的请愿书给绊倒。董事长弯腰捡起了请愿书,从口袋里掏出眼镜,逐字逐句地读了起来。

"**太神奇了**!"读完请愿书后,他兴奋地环视着动物园,又惊叫连连,"这真是太神奇了!"

动物园开门后的一分钟,鲍勃、胆小鬼菲奥娜和三个孩子从人行道上跑来,敲响了董事长办公室的门。

"拉尔夫!"潘妮眼睛一亮,不由得尖叫起来,"我的小主人!他来了!"

"哪个是他？大块头那个还是脸上长满雀斑那个？"斯派克好奇地问。

"长雀斑那个。"潘妮说，"女孩儿叫莎拉，她是拉尔夫最好的朋友。不过我可不知道那个大块头来这里干吗。他是捣蛋大王波尔特，他可是拉尔夫的**宿敌**呀。"

"他算是孩子圈里的黑马克吗？"米里根问。

"可以这么说。"潘妮点点头。

动物园董事长打开门，一脸迷惑地看着来客。

"先生，"鲍勃兴奋地说，"孩子们仅仅用了一个下午，就为请愿书收集到了三百多个签名！"

"只要我们把签了名的请愿书递交给市长，他立刻能算清楚这笔账了——要是他非要关闭动物园，会失去多少张选票。这下子他肯定不会关掉动物园了。"胆小鬼菲奥娜**兴奋地**说。

"机会来了，你们很快就能见分晓。"动物园董事长的目光越过鲍勃、菲奥娜和孩子们往后看去。

　　两个表情严肃、身着西服的男人从人行道
走来，原来是市长和罗伊·哥特斯。

　　罗伊·哥特斯看到孩子们的时候，脸色变得
更加难看了。

　　"我们是为你的签字来的。"市长说着，把一
本新合同丢了过去，"这一回我们不签好合同就
不走了。"

罗伊·哥特斯在一旁**一言不发**，只是冷笑。

"我倒觉得，你拿不到签字也会走的。"动物园董事长把孩子们带来的请愿书递到市长手里。

"这是什么东西？"市长轻蔑地问。

"请愿书，请求保留动物园。"动物园董事长说，"我们这几个小朋友昨天下午收集到了三百多个签名，这可是三百多张选票呀！您可别忘了市长大选迫在眉睫。"

"市长，别听他的鬼话！"罗伊·哥特斯连忙说，"这不过是一个骗局。这些不良少年没准儿自己乱写了一通，还号称是什么签名。再说了，他们这会儿应该在学校里上课呢。"

"我们用不着上课。"莎拉理直气壮地说，"我们的监护人签了同意条，准许我们早上不上学，把请愿书直接送到动物园里来。"

"要是我们一整天都旷课的话，还用得着大老远背着书包过来吗？"波尔特据理力争。

"哼！"罗伊·哥特斯**一时语塞**。

"你还想让我在合同上签字吗，市长先生？"

动物园董事长拿起钢笔，摆出要在合同上落笔的架势。

"且慢，且慢，我看我们还是得从长计议，别这么慌张嘛。"市长连忙从动物园董事长手中一把抢过合同，三两下把它撕个粉碎，"对不起，哥特斯先生，很显然，对广大市民来说，动物园和动物的福祉比一座记号笔工厂重要得多。"

"吧！太棒了！"拉尔夫、莎拉和波尔特兴奋地跳了起来，又紧紧地拥抱在了一起。

鲍勃和胆小鬼菲奥娜兴奋地击掌庆祝，潘

妮、斯派克和米里根则**手拉着手**,忘情地跳起了舞。

罗伊·哥特斯带着恨意瞪了一眼动物园董事长,又狠狠地瞪了一眼拉尔夫、莎拉和波尔特,旋风一般怒气冲冲地走掉了。

市长正要转身离开,动物园董事长突然叫住了他。

"还有一件事,市长先生。"

"你说。"市长回过头来。

"我今天早上收到了两份请愿书,另外一份请愿书建议我为爱尔兰的本土动物也建一座展览馆。"

鲍勃、胆小鬼菲奥娜、拉尔夫、莎拉和波尔特吃惊地互相看了看。斯派克、米里根和潘妮则默契地**相视一笑**。

"看样子所有的动物都在请愿书上签了名。"动物园董事长把潘妮和朋友们组织签名的请愿书递了过去。

"今天早上我在入门地垫上发现了这份请愿书。动物园里,我总是最早一个到,最晚一个离开，所以我相信这就是全体动物亲手签名的请愿书。"

市长看着动物园董事长，脸上浮现出不可思议的神情。

"我也这么认为。"胆小鬼菲奥娜觉得，爱尔兰本土小动物比那些大狮子、大猩猩和大熊猫什么的要温顺多了。

"既然这样，我想我可以在市政预算中拨出这笔钱来。"市长说。

"太好了！"斯派克和米里根高兴地跳起了爱尔兰著名的踢踏舞《**大河之舞**》，他们的小爪子在地板上嗒嗒作响。可奇怪的是，踢踏舞还没跳两下就戛然而止，原来，鲍勃冷不丁抓住了他们两个。

"看——我们爱尔兰本土动物展览馆的第一批

小居民！"鲍勃小心翼翼地托起了斯派克和米里根给大家看。

潘妮静静地躺在地上，一动也不敢动。

"拉尔夫！"莎拉突然大叫一声，"那不是你的铅笔吗？被大猩猩抢走的那支？"

莎拉从地上捡起潘妮，把她递给了拉尔夫。

"是呀！"拉尔夫欣喜地打开笔袋，把潘妮放了进去。

"潘妮！潘妮**回家了**！"小不点兴奋地叫了起来。

"你能回来，我真是太开心了！"麦克如释重负地长吐一口气。

"你出什么事了？一走这么久都没有音讯……一切都好吗？"格鲁普关切地问。

潘妮赶紧把她跟斯派克和米里根的奇遇以及跟黑马克的一番恶斗**从头到尾**讲了一遍。

"你说黑马克还会再回来吗？"小不点担心地问。

"荷贝觉得他还会回来，不过真到那个时候，他大概已经变成一只屎壳郎了。"说完，潘

妮忍不住哈哈大笑起来。

　　"要我说，一只名叫黑马克的屎壳郎，听起来可真够怪的。"麦克也大笑起来。

　　"潘妮，成立爱尔兰本土动物展览馆是件大喜事呀！"格鲁普说，"动物园里出了一连串的意外，你竟然还能突破重重困难，帮新朋友干了这样一件漂亮的大事，我真为你感到骄傲！"

"**谢谢你**，格鲁普。"潘妮的脸一下子红了。

"为潘妮喝彩吧！"麦克带头叫了起来，"嘿哟，嘿哟……"

"**万万岁**！"小不点、格鲁普和所有彩色铅笔齐声欢呼起来。